Zusammenstellung von journalistischen Texten

Walter Benjamin

© 2023 Culturea Editions
Texte et illustration de couverture : © domaine public
Edition : Culturea (Hérault, 34)
Contact : infos@culturea.fr
Retrouvez notre catalogue sur http://culturea.fr
Imprimé en Allemagne par Books on Demand
Design typographique : Derek Murphy
Layout : Reedsy (https://reedsy.com/)
ISBN : 9791041818396
Dépôt légal : Juin 2023
Tous droits réservés pour tous pays

Das Dornröschen

Wir leben im Zeitalter des Socialismus, der Frauenbewegung, des Verkehrs, des Individualismus. Gehen wir nicht dem Zeitalter der Jugend entgegen?

Jedenfalls leben wir in einer Zeit, wo man keine Zeitschrift aufschlagen kann, ohne daß einem das Wort „Schule" in die Augen fällt, in einer Zeit, wo die Worte Coeducation, Landerziehungsheim, Kind und Kunst durch die Luft schwirren. Die Jugend aber ist das Dornröschen, das schläft und den Prinzen nicht ahnt, der naht, es zu befreien. Und daß die Jugend erwache, daß sie teilnehme an dem Kampfe, der um sie geführt wird, dazu will ja unsere Zeitschrift nach Kräften beitragen. Sie will der Jugend zeigen, welchen Wert und Ausdruck sie erhalten hat im Jugendleben der Großen: eines Schiller, eines Goethe, eines Nietzsche. Sie will ihr Wege weisen, das Gemeinschaftsgefühl, das Bewußtsein ihrer selbst in sich zu wecken, als derjenigen, die in einigen Lustren die Weltgeschichte weben und gestalten wird.

Daß dieses Ideal einer sich selbst als eines künftigen Kulturfaktors bewußten Jugend nicht von heute stammt, daß es eine Anschauung ist, die schon die Großen der Literatur deutlich ausgesprochen haben, das beweist ein flüchtiger Blick auf die Weltliteratur.

Wohl wenige Ideen gibt es, die unsere Zeit erfüllen und die nicht schon Shakespeare in seinen Dramen, vor allem in der Tragödie des modernen Menschen, in Hamlet, berührt hätte. Da sagt Hamlet die Worte:

„Die Zeit ist aus den Fugen, Schmach und Gram,
Daß ich zur Welt, sie einzurenken kam."

Hamlets Herz ist verbittert. Seinen Oheim sieht er als Mörder seine Mutter in Blutschande leben. Und welches Gefühl gibt ihm diese Erkenntnis? Wohl empfindet er Ekel vor der Welt, aber nicht in misanthropischem Eigenwillen kehrt er sich von ihr ab, sondern in ihm lebt das Gefühl einer Mission: er kam zur Welt, sie einzurenken. Auf wen könnten diese Worte wohl besser passen, als auf die heutige Jugend? Trotz aller Worte von Jugend, Lenz und Liebe liegt in jedem denkenden jungen Menschen der Keim zum Pessimismus. Doppelt stark ist dieser Keim in unserer Zeit. Denn wie kann ein junger Mensch, vor allem der Großstädter, den tiefsten Problemen, dem socialen Elend gegenüberstehen, ohne, wenigstens zeitweise, vom Pessimismus übermannt zu werden? Da gibt es denn keine Gegenbeweise, da muß und kann nur helfen das Bewußtsein: und mag die Welt noch so schlecht sein, so kamst du, sie zu erheben. Das ist nicht Hochmut, sondern nur Pflichtbewußtsein.

Dieses hamletische Bewußtsein von der Schlechtigkeit der Welt und von der Berufung sie zu bessern, erfüllt auch Karl Moor. Doch wenn Hamlet über die Schlechtigkeit der Welt nicht sich selbst vergißt, alle Rachegelüste niederzwängt, um selbst rein zu bleiben, so verliert Karl Moor in seinem anarchistischen Freiheitsrausch die Zügel über sich selbst. So muß er, der als Befreier auszog, sich selber unterliegen. Hamlet unterliegt der Welt und bleibt Sieger.

Später hat Schiller noch einmal einen Repräsentanten der Jugend geschaffen: Max Piccolomini; aber mag er auch sympathischer sein als Karl Moor, als Mensch steht er uns (uns Jungen) nicht so nahe; denn Karl Moors Kämpfe sind unsere Kämpfe, die ewige Auflehnung der Jugend, die Kämpfe mit Gesellschaft, Staat, Recht. Max Piccolomini steht in einem engeren ethischen Konflikt.

Goethe! Erwarten wir bei Goethe Sympathie für die Jugend? Wir denken an den Tasso, wir glauben sein strenges Gesicht oder sein ganz feines sarkastisches Lächeln hinter der Maske des Antonio zu gewahren. Und doch – Tasso. Da ist wieder die Jugend, allerdings auf ganz anderem Grunde; nicht umsonst ist ein Dichter der Held. Am Hofe von Ferrara sind Sitte und Anstand die strengeren Maßstäbe. Nicht die „plumpe" Sittlichkeit. Jetzt erkennen wir – Tasso ist die Jugend. Er hütet ein Ideal – das der Schönheit. Aber da er sein jugendliches Feuer nicht bezähmen kann, da er tut, was kein Dichter tun dürfte, da er die Schranken der Sitte in seiner Liebe zur Prinzessin durchbricht, sein eigenes Ideal verletzt, so muß er sich beugen vor dem Alter, dem Convention „Sitte" geworden ist. Das ist die Ironie seiner letzten Worte:

„So klammert sich der Schiffer endlich noch

Am Felsen fest, an dem er scheitern sollte,"

daß er sich jetzt am Felsen der Convention festklammert, er, der das Ideal der Schönheit geschändet. Karl Moor scheitert, indem er seinem sittlichen, Tasso indem er seinem ästhetischen Ideal untreu wird.

Der universellste Repräsentant der Jugend ist Faust, sein ganzes Leben ist Jugend, denn nirgends ist er beschränkt, stets sieht er neue Ziele, die er verwirklichen muß; und jung ist ein Mensch, so lange er sein Ideal noch nicht völlig in die Wirklichkeit umgesetzt hat. Das ist das sichere Zeichen des Alters: im Gegebenen das Vollkommene zu sehen. Daher muß Faust sterben, daher endet seine Jugend mit dem Augenblick, da er sich am Gegebenen freuen kann und nichts mehr übrig sieht. Würde er weiter leben, so würden wir in ihm einen Antonio finden. An Faust zeigt es sich deutlich warum diese Jugend-Helden es zu „nichts bringen" dürfen, warum sie im Augenblick der Erfüllung untergehen oder einen ewigen erfolglosen Kampf für die Ideale führen müssen.

Diese erfolglosen Kämpfer für das Ideal hat besonders in zwei ergreifenden Typen Ibsen gezeichnet: in Dr. Stockmann im „Volksfeind" und noch stiller und ergreifender im Gregers Werle in der „Wildente". Gregers Werle prägt besonders schön jenes eigentlich Jugendliche aus, jenen Glauben an das Ideal und jene Aufopferung, die unerschütterlich bleibt auch wenn das Ideal ein völlig unerfüllbares, ja ein unglückbringendes ist. (Denn Glück und Ideal sind oft Gegensätze.) Denn am Schluß der Wildente, als Gregers die Folgen seines fanatischen Idealismus sieht, bleibt sein Entschluß dem Ideal zu dienen, doch fest. Sollte es jedoch unerfüllbar sein, so ist das Leben für ihn wertlos; dann ist seine Lebensaufgabe „der Dreizehnte bei Tisch zu sein" – zu sterben. Noch ein anderes tritt in der Wildente hervor. Wie viele Ibsensche Stücke, wird auch dieses von Problemen bewegt – sie werden nicht gelöst. Diese Probleme sind eben nur der Untergrund, die Zeitatmosphäre, aus welcher der Charakter eines Gregers hervortritt, der durch sein eigenes Leben, den Willen, die Absicht seiner sittlichen Tat, die Kulturprobleme für sich löst.

Die Jugend selbst hat Ibsen dargestellt in der Hilde Wangel des Baumeister „Solness". Doch unser Interesse wendet sich dem Baumeister, nicht der Hilde Wangel zu, die nur das blasse Symbol der Jugend ist.

Zuletzt komme ich zu dem jüngsten Dichter der Jugend. Zugleich zu einem Dichter der heutigen Jugend, vor allen genannten: zu Karl Spitteler. Wie Shakespeare in Hamlet, wie Ibsen in seinen Dramen, stellt auch Spitteler Helden dar, die für das Ideal leiden. Noch ausgesprochener als bei Ibsen für ein universales Menschheitsideal. Eine neue Menschheit des Wahrheitsmutes sehnt Spitteler herbei. Vor allem seine beiden großen Schöpfungen: die Epen, „Prometheus und Epimetheus" und der „olympische Frühling" sind der Ausdruck seiner Ueberzeugung und hier, wie auch in seinem herrlichen Bekenntnis-Roman „Imago", den ich für das schönste Buch für einen jungen Menschen halte, stellt er die Stumpfheit und Feigheit der Durchschnittsmenschen bald tragisch, bald lächerlich oder sarkastisch dar. Auch er geht vom Pessimismus aus, um sich zum Optimismus im Glauben an die sittliche Persönlichkeit zu erheben. (Prometheus, Herakles im olympischen Frühling.) Macht ihn schon sein universales Menschheits-Ideal und seine Ueberwindung des Pessimismus zu einem Dichter für die Jugend und besonders für unsre Jugend, so vor allem sein herrliches Pathos, das er einer Sprachbeherrschung verdankt, die er wohl mit keinem Lebenden teilt.

So steht die Erkenntnis, in der unsre Zeitschrift wirken will, schon fest begründet da in den Werken der Größten der Literatur.

Ardor-Berlin.

Das Leben der Studenten

Es gibt eine Geschichtsauffassung, die im Vertrauen auf die Unendlichkeit der Zeit nur das Tempo der Menschen und Epochen unterscheidet, die schnell oder langsam auf der Bahn des Fortschritts dahinrollen. Dem entspricht die Zusammenhanglosigkeit, mangelnde Präzision und Strenge der Forderung, die sie an die Gegenwart stellt. Die folgende Betrachtung geht dagegen auf einen bestimmten Zustand, in dem die Historie als in einem Brennpunkt gesammelt ruht, wie von jeher in den utopischen Bildern der Denker. Die Elemente des Endzustandes liegen nicht als gestaltlose Fortschrittstendenz zutage, sondern sind als gefährdetste, verrufenste und verlachte Schöpfungen und Gedanken tief in jeder Gegenwart eingebettet. Den immanenten Zustand der Vollkommenheit rein zum absoluten zu gestalten, ihn sichtbar und herrschend in der Gegenwart zu machen, ist die geschichtliche Aufgabe. Dieser Zustand ist aber nicht mit pragmatischer Schilderung von Einzelheiten (Institutionen, Sitten usw.) zu umschreiben, welcher er sich vielmehr entzieht, sondern er ist nur in seiner metaphysischen Struktur zu erfassen, wie das messianische Reich oder die französische Revolutionsidee. Die jetzige historische Bedeutung der Studenten und der Hochschule, die Form ihres Daseins in der Gegenwart, verlohnt also nur als Gleichnis, als Abbild eines höchsten, metaphysischen, Standes der Geschichte beschrieben zu werden. Nur so ist sie verständlich und möglich. Solche Schilderung ist kein Aufruf oder Manifest, die eines wie das andere wirkungslos geblieben sind, aber sie zeigt die Krisis auf, die im Wesen der Dinge liegend zur Entscheidung führt, der die Feigen unterliegen und die Mutigen sich unterordnen. Der einzige Weg, über die historischen Stelle des Studententums und der Hochschule zu handeln, ist das System. Solange mancherlei Bedingungen hierzu versagt sind, bleibt nur, das Künftige aus seiner verbildeten Form im Gegenwärtigen erkennend zu befreien. Dem allein dient die Kritik.

An das Leben der Studenten tritt die Frage nach seiner bewußten Einheit heran. Sie steht am Anfang, denn es fördert nicht, im Studentenleben Probleme zu unterscheiden – Wissenschaft, Staat, Tugend –, wenn ihm der Mut fehlt, sich überhaupt zu unterwerfen. Das Auszeichnende im Studentenleben ist in der Tat der Gegenwille, sich einem Prinzip zu unterwerfen, mit der Idee sich zu durchdringen. Der Name der Wissenschaft dient vorzüglich, eine tiefeingesessene, verbürgerte Indifferenz zu verbergen. Das studentische Leben an der Idee der Wissenschaft messen, bedeutet keineswegs Panlogismus, Intellektualismus – wie man zu fü[r]chten geneigt ist –, sondern das ist immanente Kritik, da zu allermeist die Wissenschaft als der eherne Wall der Studenten gegen „fremde" Ansprüche aufgeführt wird. Also es handelt sich um innere Einheit, nicht um Kritik von außen. Hier ist die Antwort gegeben mit dem Hinweis, daß für die allermeisten Studenten die Wissenschaft Berufsschule ist. Weil „Wissenschaft mit dem Leben nichts zu tun hat", darum muß sie ausschließlich das Leben dessen gestalten, der ihr folgt. Zu den unschuldig-verlogensten Reservaten vor ihr gehört die Erwartung, sie müsse X und Y zum Berufe verhelfen. Der Beruf folgt so wenig aus der Wissenschaft, daß sie ihn sogar ausschließen kann. Denn die Wissenschaft duldet ihrem Wesen nach keine Lösung von sich, sie verpflichtet den Forschenden, in gewisser Weise immer als Lehrer, niemals zu den staatlichen Berufsformen des Arztes, Juristen, Hochschullehrers. Es führt zu nichts Gutem, wenn Institute, wo Titel, Berechtigungen, Lebens- und Berufsmöglichkeiten erworben werden dürfen, sich Stätten der Wissenschaft nennen. Der Einwand, wie der heutige Staat zu seinen Ärzten, Juristen und Lehrern kommen soll, erhellt hier nichts. Er zeigt nur die umwälzende Größe der Aufgabe: eine Gemeinschaft von Erkennenden zu gründen, an Stelle der Korporation von Beamteten und Studierten. Er zeigt nur, bis zu welchem Grade die heutigen Wissenschaften in der Entwicklung ihres Berufsapparates (durch Wissen und Fertigkeiten) von ihrem einheitlichen Ursprung in der

Idee des Wissens abgedrängt sind, der ihnen ein Geheimnis, wenn nicht eine Fiktion geworden ist. Wem der heutige Staat das Gegebene ist und alles in der Linie seiner Entwicklung beschlossen, der muß das verwerfen; wenn er nur nicht Protektion und Unterstützung der „Wissenschaft" vom Staate zu fordern wagt. Denn nicht die Übereinkunft der Hochschule mit dem Staate, die sich mit ehrlicher Barbarei nicht schlecht verstünde, zeugt von Verderbnis, sondern die Gewährleistung und Lehre von der Freiheit einer Wissenschaft, von der doch mit brutaler Selbstverständlichkeit erwartet wird, daß sie ihre Jünger zu sozialer Individualität und Staatsdienst führe. Keine Duldung freiester Anschauung und Lehre fördert, solange das Leben, das sie – nicht minder als die strengsten – mit sich führen, nicht gewährt ist und diese ungeheure Kluft naiv durch die Verbindung der Hochschule mit dem Staate geleugnet wird. Es ist mißverständlich, im einzelnen Forderungen zu entwickeln, solange der einzelnen in der Erfüllung doch der Geist ihrer Gesamtheit versagt bliebe, und nur dies soll als bemerkenswert und erstaunlich hervorgehoben werden: wie in der Institution des Gollegs als in einem ungeheuren Versteckspiel die Gesamtheiten der Lehrer und Schüler sich aneinander vorüberschieben und nie erblicken. Immer bleibt hier die Schülerschaft als unbeamtet hinter der Lehrerschaft zurück, und der rechtliche Grundbau der Universität, verkörpert im Kultusminister, den der Souverän, nicht die Universität, ernennt, ist eine halbverhüllte Korrespondenz der akademischen Behörde über die Häupter der Schüler (und in seltenen und glücklichen Fällen auch der Lehrer) mit den staatlichen Organen.

Die unkritische und widerstandslose Ergebung in diesen Zustand ist ein wesentlicher Zug im Studentenleben. Zwar haben die sogenannten freistudentischen Organisationen und andere sozial gerichtete einen scheinbaren Lösungsversuch unternommen. Dieser geht zuletzt auf völlige Verbürgerung der Institution, und nirgends hat sich deutlicher als an dieser Stelle gezeigt, daß die heutigen Studenten als Gemeinschaft nicht fähig sind, die Frage des wissenschaftlichen Lebens überhaupt zu stellen und seinen unlösbaren Protest gegen das Berufsleben der Zeit zu ergreifen. Weil sie überaus scharf die chaotische Vorstellung der Studenten von wissenschaftlichem Leben erklärt, darum ist die Kritik der freistudentischen und der ihr nahestehenden Ideen notwendig und soll mit Worten aus einer Rede geschehen, die vom Verfasser vor Studenten gehalten wurde, als er für die Erneuerung zu wirken gedachte. „Es besteht ein sehr einfaches und sicheres Kriterium, den geistigen Wert einer Gemeinschaft zu prüfen. Die Frage: findet die Totalität des Leistenden in ihr einen Ausdruck, ist der ganze Mensch ihr verpflichtet, ist der ganze Mensch ihr unentbehrlich? Oder ist jedem in gleichem Maße die Gemeinschaft entbehrlich als er ihr? Es ist so einfach, diese Frage zu stellen, so einfach, sie für die jetzigen Typen sozialer Gemeinschaft zu beantworten, und diese Antwort ist entscheidend. Jeder Leistende strebt nach Totalität, und der Wert einer Leistung liegt eben in ihr, wieweit das ganze und ungeteilte Wesen eines Menschen zum Ausdruck kommt. Die sozial begründete Leistung aber enthält, wie wir sie heute vorfinden, nicht die Totalität, sie ist etwas völlig Bruchstückhaftes und Abgeleitetes. Nicht selten ist die soziale Gemeinschaft der Platz, wo heimlich und in gleicher Gesellschaft gekämpft wird gegen höhere Wünsche, eigenere Ziele, tiefer eingeborene Entwicklung aber verdeckt wird. Die soziale Leistung des Durchschnittsmenschen dient in den allermeisten Fällen zur Verdrängung der ursprünglichen und unabgeleiteten Strebungen des inneren Menschen. Hier ist vom Akademiker die Rede; Menschen, die von Berufs wegen jedenfalls in irgendeiner inneren Verbindung mit geistigen Kämpfen, mit Skeptizismus und Kritizismus des Studierenden stehen. Diese Menschen bemächtigen sich eines völlig fremden, dem ihrigen weltweit abgelegenen Milieus als ihres Arbeitsplatzes, sie schaffen sich dort an entlegener Stelle eine begrenzte Tätigkeit, und die ganze Totalität solchen Tuns ist, daß es einer oft abstrakten Allgemeinheit zugute kommt. Keine innere und ursprüngliche Verbindung besteht zwischen dem geistigen Dasein eines Studierenden und seinem fürsorglichen Interesse für Arbeiterkinder, ja selbst für Studierende. Keine Verbindung als ein mit seiner eigenen und eigensten Arbeit unverbundener Pflichtbegriff, der ein mechanisiertes Gegenüber: ‚hie Stipendiat des Volkes' – ‚da soziale Leistung' setzt. Hier ist das Pflichtgefühl errechnet, abgeleitet und umgebogen, nicht aus der Arbeit selbst geflossen. Und jener Pflicht wird genügt: nicht im Leiden für erdachte Wahrheit, nicht im Ertragen aller Skrupel eines Forschenden, überhaupt nicht in irgendwie mit dem eigenen geistigen Leben verbundener Gesinnung. Sondern in einem krassen und zugleich höchst oberflächlichen Gegensatz, vergleichbar dem: ideell-materiell – theoretisch-praktisch. Jene soziale Arbeit mit einem Wort ist nicht die ethische Steigerung, sondern die ängstliche Reaktion eines geistigen Lebens. Nicht dies aber ist der eigentlichste und tiefste Einwand, daß die soziale Arbeit im wesentlichen unverbunden, abstrakt der eigentlich studentischen Arbeit gegenübersteht, darin ein höchster und verwerflichster Ausdruck des Relativismus, der jedes Geistige vom Physischen, jede Setzung von ihrem Gegenteil ängstlich und sorgsam begleitet sehen will – unvermögend synthetischen Lebens –, nicht dies ist das Entscheidende, daß ihre ganze Totalität in Wirklichkeit leere, allgemeine Nützlichkeit ist, sondern: daß trotz alledem sie die Geste und Haltung der Liebe fordert, wo nur mechanische Pflicht, ja oft nur ein Abbiegen stattfindet, um den Konsequenzen geistigen kritischen Daseins, dem der Student verpflichtet ist, auszuweichen. Denn wirklich ist er zu dem Zwecke Student, daß ihm das Problem des geistigen Lebens mehr am Herzen liegt, als die Praxis der sozialen Frage. Endlich – und dies ist ein untrügliches Zeichen: es ist von jeher studentisch sozialen Arbeit keine Erneuerung des Begriffs und der Schätzung sozialer Arbeit überhaupt erwachsen. Noch immer ist der Öffentlichkeit soziale Arbeit jenes eigentümliche Gemenge von Pflicht- und Gnadenakt des Einzelnen geblieben. Studenten haben ihre geistige Notwendigkeit nicht ausprägen, und daher nie eine wahrhaft ernst gesinnte Gemeinschaft in ihr gründen können, vielmehr nur eine pflichteifrige und interessierte. Jener Tolstoische Geist, der die ungeheure Kluft zwischen dem Bürger- und Proletarierdasein aufriß, der Begriff, daß den Armen dienen eine Menschheitsaufgabe, nicht Sache des Studenten im Nebenamt sei, der hier, gerade hier alles, oder nichts forderte, jener Geist, der in den Ideen der tiefsten Anarchisten und in christlichen Klostergemeinschaften erwuchs, dieser wahrlich ernste Geist einer sozialen Arbeit, der aber der kindlichen Versuche der Einfühlung in Arbeiter- und Volkspsyche nicht bedurfte, ist in studentischen Gemeinschaften nicht erwachsen. An der Abstraktheit und Beziehungslosigkeit des Objekts scheiterte der Versuch, den Willen einer akademischen Gemeinschaft zu einer sozialen Arbeitsgemeinschaft zu organisieren. Die Totalität des Wollenden fand keinen Ausdruck, weil sein Wille in dieser Gemeinschaft nicht auf die Totalität gerichtet sein konnte." Die symptomatische Bedeutung der freistudentischen Versuche, der christlich-sozialen und vieler anderen ist, daß sie den Zwiespalt, den die Universität mit dem Staatsganzen bildet, mikrokosmisch innerhalb der Universität wiederholen, im Interesse ihrer Staats- und Lebenstüchtigkeit. Sie haben nahezu allen Ego- und Altruismen, jedweder Selbstverständlichkeit des großen Lebens eine Freistatt in der Universität erobert; nur dem radikalen Zweifel, der grundlegenden Kritik und dem Notwendigsten: dem völligem Neuaufbau gewidmeten Leben ist sie versagt. Es steht in diesen Dingen nicht der Fortschrittswille der freien Studenten gegen die reaktionäre Macht der Korps. Wie es zu zeigen versucht wurde und wie es zudem aus der Uniformität und Friedfertigkeit des gesamten Zustandes der Universität hervorgeht, sind die freistudentischen Organisationen selbst weit entfernt, einen durchdachten geistigen Willen auf den Plan zu führen. In keiner der Fragen, die in dem vorliegenden Versuch zur Sprache kommen, hat sich bisher ihre Stimme entscheidend bemerkbar gemacht. Aus Unentschiedenheit bleibt sie unvernehmlich. Ihre Opposition verläuft in den geebneten Bahnen der liberalen Politik, die Entwicklung ihrer sozialen Prinzipien ist auf dem Niveau der liberalen

Presse stehengeblieben. Die eigentliche Frage der Universität hat das freie Studententum nicht durchdacht, insofern ist es bitteres historisches Recht, daß bei den offiziellen Gelegenheiten der Korpsstudent als unwürdiger Repräsentant der studentischen Tradition erscheint. Denn in den letzten Fragen bringt der Freistudent gar keinen ernsteren Willen, keinen höheren Mut auf als das Korps, und seine Wirksamkeit ist fast gefährlicher als die des Korps, weil täuschender und irreführender: indem diese bourgeoise, disziplinlose und kleinliche Richtung den Ruf des Kämpfers und Befreiers im Leben der Universität beansprucht. Wer über die Studentenschaft das strengste und verneinende Urteil spricht, der tut auch der Freistudentenschaft nicht unrecht, der schließt sie in dies Urteil ausdrücklich ein. Das heutige Studententum ist keineswegs an den Stellen zu finden, wo um den geistigen Aufstieg der Nation gerungen wird, keineswegs auf dem Felde seines neuen Kampfes um die Kunst, keineswegs an der Seite seiner Schriftsteller und Dichter, keineswegs an den Quellen religiösen Lebens. Nämlich das deutsche Studententum als solches – das existiert nicht. Und dies alles nicht etwa, indem es nicht jeweils die neuesten, „modernsten" Strömungen mitmacht, sondern indem es als Studentenschaft alle diese Bewegungen in ihrer Tiefe überhaupt ignoriert, indem diese Studentenschaft ständig und ständig im Schlepptau der öffentlichen Meinung, in ihrem breitesten Fahrwasser sich dahinziehen läßt, indem sie das von allen Parteien und Bünden umschmeichelte und verdorbene Kind ist, von jedem gelobt, weil jedem irgendwie gehörig, aber ganz und gar ohne den Adel, der bis vor hundert Jahren deutsches Studententum sichtbar machte und es an sichtbare Stellen als Verteidiger des besten Lebens treten ließ.

Jene Verfälschung des Schöpfergeistes in Berufsgeist, die wir überall am Werke sehen, hat die Hochschule ganz ergriffen und sie vom unbeamteten schöpferischen Geistesleben isoliert. Die kastenhafte Verachtung des staatsfremden, oft staatsfeindlichen freien Gelehrten- und Künstlertums ist hiervon ein schmerzhaft deutliches Symptom. Einer der berühmtesten deutschen Hochschullehrer sprach vom Katheder über „die Kaffeehausliteraten, nach denen das Christentum schon lange abgewirtschaftet habe". Ton und Richtigkeit dieser Worte halten sich die Wage. Deutlicher als gegen die Wissenschaft, die durch „Anwendbarkeit" unmittelbar staatliche Tendenzen vortäuscht, muß eine so organisierte Hochschule ganz und gar mit baren Händen den Musen gegenüberstehen. Sie muß, indem sie auf den Beruf hinlenkt, notwendig das unmittelbare Schaffen als Form der Gemeinschaft verfehlen. Wirklich ist die feindselige Fremdheit, die Verständnislosigkeit der Schule gegen das Leben, welches die Kunst bedingt, deutbar als Ablehnung des unmittelbaren, nicht aufs Amt bezogenen Schaffens. Ganz von innen heraus erscheint dies in der Unmündigkeit und Schülerhaftigkeit des Studenten. Vom ästhetischen Gefühl aus ist vielleicht das Auffallendste und Peinigendste an der Erscheinuug der Hochschule die mechanische Reaktion, mit der die Hörerschaft dem Vortragenden folgt. Dies Maß von Rezeptivität könnte nur durch eine wahrhaft akademische oder sophistische Kultur des Gesprächs aufgewogen werden. Davon sind auch die Seminarien durchaus entfernt, die sich vorzüglich ebenso der Vortragsform bedienen, wobei es wenig verschlägt, ob Lehrer oder Schüler sprechen. Die Organisation der Hochschule beruht nicht mehr auf der Produktivität der Studenten, wie es im Geiste ihrer Gründer lag. Sie dachten den Studenten wesentlich als Lehrer und Schüler zugleich; als Lehrer, weil Produktivität gänzliche Unabhängigkeit bedeutet, Hinblick auf die Wissenschaft, nicht mehr auf den Lehrenden. Wo die beherrschende Idee des Studentenlebens Amt und Beruf ist, kann sie nicht Wissenschaft sein. Sie kann nicht mehr in der Widmung an eine Erkenntnis bestehen, von der zu fürchten ist, daß sie vom Wege der bürgerlichen Sicherheit abführt. Sie kann so wenig in der Widmung an die Wissenschaft bestehen, als in der Hingabe des Lebens an eine jüngere Generation. Und doch ist dieser Beruf: zu lehren – wenn auch unter ganz anderen Formen als heutigen – mit jeder eigensten Erfassung der Wissenschaft geboten. Solche gefahrvolle Hingabe an Wissenschaft und Jugend muß als Fähigkeit zu lieben schon im Studenten leben und die Wurzel seines Schaffens sein. Dagegen steht sein Leben im Gefolge der Alten, er lernt dem Lehrer seine Wissenschaft ab, ohne ihm im Beruf zu folgen. Er verzichtet leichten Mutes auf die Gemeinschaft, die ihn mit den Schaffenden verbindet und die ihre allgemeine Form allein von der Philosophie her erhalten kann. An einem Teil soll er zugleich Schaffender, Philosoph und Lehrer sein und dies in seiner wesentlichen und bestimmenden Natur. Von hier aus ergibt sich Form des Berufes und Lebens. Die Gemeinschaft schöpferischer Menschen erhebt jedes Studium zur Universalität: unter der Form der Philosophie. Solche Universalität gewinnt man nicht, indem man dem Juristen literarische, dem Mediziner juristische Fragen vorträgt (wie manche Gruppe von Studenten versucht), sondern indem die Gemeinschaft sorgt und von selbst es bewirkt, daß vor aller Besonderung des Fachstudiums (die sich doch nur mit Hinsicht auf den Beruf erhalten kann), über allem Betriebe der Fachschulen, sie selbst, die Gemeinschaft der Universität als solche, Erzeugerin und Hüterin der philosophischen Gemeinschaftsform sei, wiederum nicht mit den Fragestellungen der begrenzten wissenschaftlichen Fachphilosophie, sondern mit den metaphysischen Fragen des Platon und des Spinoza, der Romantiker und Nietzsches. Dies nämlich, nicht aber Führungen durch Fürsorgeinstitute, würde tiefste Verbindung des Berufes mit dem Leben, allerdings einem tieferen Leben bedeuten. Würde die Erstarrung des Studiums zu einem Haufen von Wissen verhüten. Es hätte diese Studentenschaft die Universität, die den methodischen Bestand des Wissens samt den vorsichtigen kühnen und doch exakten Versuchen neuer Methoden mitteilt, zu umgeben, gleichwie das undeutliche Wogen des Volkes den Palast eines Fürsten, als die Stätte der beständigen geistigen Revolution, wo zuerst die neuen Fragestellungen weitausgreifender, unklarer, unexakter, aber manchmal vielleicht auch tiefer ahnend als die wissenschaftlichen Fragen sich vorbereiten. Die Studentenschaft wäre in ihrer schöpferischen Funktion als der große Transformator zu betrachten, der die neuen Ideen, die früher in der Kunst, früher im sozialen Leben zu erwachen pflegen als in der Wissenschaft, überzuleiten hätte in wissenschaftliche Fragen durch philosophische Einstellung.

Die heimliche Herrschaft der Berufsidee ist nicht die innerlichste jener Verfälschungen, deren Furchtbarkeit es ist, daß sie alle das Zentrum schöpferischen Lebens treffen. Eine banale Lebenseinstellung handelt Surrogate gegen den Geist ein. Es gelingt ihr, immer dichter die Gefährlichkeit des geistigen Lebens zu verschleiern und den Rest der Sehenden als Phantasten zu verlachen. Die erotische Konvention verbildet tiefere Schichten des unbewußten Lebens in den Studenten. Mit der gleichen Selbstverständlichkeit, mit der die Berufsideologie das intellektuelle Gewissen fesselt, lastet die Vorstellung der Heirat, die Idee der Familie als eine dunkle Konvention auf dem Eros. Er scheint verschwunden aus einer Epoche, die zwischen dem Dasein des Familiensohnes und Familienvaters sich leer und unbestimmt erstreckt. Wo die Einheit im Dasein des Schaffenden und des Zeugenden liegt und ob diese Einheit in der Form der Familie geschaffen ist, diese Frage durfte nicht gestellt werden, solange es die heimliche Erwartung der Heirat galt, eine illegitime Zwischenzeit, in der man höchstens Widerstandsfähigkeit gegen Versuchungen trefflich bewähren könne. Der Eros der Schaffenden – wenn überhaupt eine Gemeinschaft ihn zu erblicken und um ihn zu ringen vermöchte, so wäre es die studentische. Aber noch dort, wo alle äußeren Bedingungen der Bürgerlichkeit fehlten, wo bürgerliche Zustände, das heißt Familien, zu gründen aussichtslos war, wo in vielen Städten Europas eine tausendköpfige Menge von Frauen ihre ökonomische Existenz nur auf die Studierenden gründet – die Prostituierten –, noch da hat er sich nach dem Eros, der ihm ursprünglich eignete, nicht gefragt. Ihm mußte es fraglich werden, ob Zeugung und Schöpfung in ihm getrennt bleiben sollten, ob die eine der Familie, die andere dem Amte zukomme, und in ihrer Trennung beide verbildet, keines aus seinem eigentümlichen Dasein entspringen sollte. Denn so hohnvoll und schmerzhaft es ist, eine solche Frage an das Leben heutiger Studenten heranzuführen, so muß es geschehen, weil in ihnen – dem Wesen nach – diese beiden Pole menschlichen Daseins in der Zeit zugleich liegen. Es handelt sich um die Frage, die keine Gemeinschaft ungelöst lassen kann und die doch seit den Griechen und frühen Christen kein Volk mehr in der Idee gemeistert hat; immer lastete sie auf den großen Schaffenden: wie sie dem Bilde der Menschheit genügen sollten und Gemeinschaft mit Frauen und Kindern ermöglichten, deren Produktivität anders gerichtet ist. Die Griechen, wie wir wissen, übten Gewalt, indem sie den zeugenden Eros dem schaffenden nachstellten, so daß endlich ihr Staat, aus dessen Inbegriff Frauen und Kinder verbannt waren, zerfiel. Die Christen gaben die mögliche Lösung für die civitas dei: sie verwarfen die Einzelheit in beiden. Die Studentenschaft hat es in ihren fortgeschrittensten Teilen immer bei unendlich ästhetisierenden Betrachtungen über Kameradschaftlichkeit und Studiengenossinnen gelassen; man scheute sich nicht, eine „gesunde" erotische Neutralisierung der Schüler und Schülerinnen zu erhoffen. In der Tat ist mit Hilfe der Dirnen die Neutralisierung des Eros in der Hochschule gelungen. Und wo sie ausblieb, ist jene so ganz haltlose Harmlosigkeit, jene schwüle Heiterkeit ausgebrochen, und die burschikose Studentin wird als Nachfolgerin der häßlichen alten Lehrerin jubelnd begrüßt. Hier drängt sich die allgemeine Bemerkung auf, wieviel mehr furchtsamen Instinkt die katholische Kirche für die Macht und Notwendigkeit des Eros hat, als das Bürgertum. Es liegt an den Hochschulen eine ungeheure Aufgabe verschüttet, ungelöst, verleugnet; größer als die zahllosen, an denen die soziale Geschäftigkeit sich reibt. Es ist die, aus dem geistigen Leben heraus zur Einheit zu bilden, was an geistiger Unabhängigkeit des Schaffenden – im Korpsstudententum – und an Liebe des Schaffenden zur Frau – in der Prostitution – verzerrt und zerstückelt als Torso des einen geistigen Eros uns traurig ansieht. Die notwendige Unabhängigkeit des Schaffenden und die notwendige Einbeziehung der Frau, welche nicht produktiv im Sinne des Mannes ist, in eine einzige Gemeinschaft Schaffender – durch Liebe –, diese Gestaltung muß allerdings vom Studenten verlangt werden, weil sie die Form seines Lebens ist. Hier aber herrscht so mörderische Konvention, daß noch nicht einmal das Studententum sein Schuldbekenntnis an der Prostitution abgelegt hat; daß man diese ungeheure blasphemische Verwüstung mit Keuschheitsempfehlungen einzudämmen denkt, weil man wiederum nicht den Mut hat, dem eigenen schöneren Eros ins Auge zu blicken. Diese Verstümmelung der Jugend trifft ihr Wesen zu tief, als daß mit mehreren Worten auf sie gewiesen werden könnte. Sie ist dem Bewußtsein der Denkenden zu überliefern und der Entschlossenheit der Mutigen. Der Polemik ist sie nicht erreichbar.

Wie sieht eine Jugend sich selbst an, welches Bild trägt sie von sich im Innern, die solche Verfinsterung ihrer eignen Idee, solche Beugung ihrer Lebensinhalte zuläßt? Dieses Bild ist im Korpsgeist ausgeprägt, und er ist noch immer der sichtbarste Träger des studentischen Jugendbegriffes, dem die anderen, voran freistudentischen Organisationen ihre sozialen Schlagworte entgegenschleudern. Das deutsche Studententum ist, bald mehr bald minder, von der Idee besessen, es müsse seine Jugend genießen. Jene ganz irrationale Wartezeit auf Amt und Ehe mußte irgendeinen Inhalt aus sich herausgebären und das mußte ein spielerischer, pseudo-romantischer, zeitvertreibender sein. Es ist ein furchtbares Stigma auf aller gerühmten Heiterkeit der Kommerslieder, auf der neuen Burschenherrlichkeit. Es ist Angst vor dem Kommenden und zugleich ein gemütsruhiges Paktieren mit dem unvermeidlichen Philisterium, das man sich als „alten Herrn" sehr gerne vor Augen hält. Weil man dem Bürgertum die Seele verkauft hat, samt Beruf und Ehe, hält man streng auf jene paar Jahre bürgerlicher Freiheiten. Dieser Tausch wird im Namen der Jugend eingegangen. Offen oder heimlich, – auf der Kneipe oder in betäubenden Versammlungsreden wird der teuer erkaufte Rausch erzeugt, der ungestört bleiben soll. Es ist das Bewußtsein verspielter Jugend und verkauften Alters, das nach Ruhe dürstet, und an ihm sind die Versuche der Beseelung des Studententums zuletzt gescheitert. Aber wie diese Lebensform jeder Gegebenheit spottet und von allen geistigen und natürlichen Mächten gestraft wird, von der Wissenschaft durch den Staat, vom Eros durch die Hure, so vernichtend von der Natur. Denn die Studenten sind nicht die jüngste Generation, sondern die Alternden. Es ist ein erschütternder Entschluß, das Alter zu erkennen, für solche, die ihre Jünglingsjahre auf deutschen Schulen verloren, und denen das Studium endlich das Leben des Jünglings zu eröffnen schien, das sich von Jahr zu Jahr ihnen versagte. Dennoch gilt es zu erkennen, daß sie Schaffende, also Einsame und Alternde sein müssen, daß ein reicheres Geschlecht von Jünglingen und Kindern schon lebt, dem sie sich nur als Lehrende weihen können. Von allen Gefühlen ist dies ihnen das fremdeste. Eben darum finden sie sich nicht in ihr Dasein und sind nicht bereit, von Anfang an mit den Kindern zu leben – denn das ist lehren –, weil sie nirgends in die Sphäre der Einsamkeit hineinragen. Weil sie ihr Alter nicht erkennen, gehen sie müßig. Nur die eingestandene Sehnsucht nach einer schönen Kindheit und würdigen Jugend ist die Bedingung des Schaffens. Ohne dies wird keine Erneuerung ihres Lebens möglich sein: ohne die Klage um versäumte Größe. Die Furcht vor Einsamkeit ist es, die ihre erotische Ungebundenheit verschuldet, Furcht vor Hingabe. Sie messen sich an den Vätern, nicht an den Nachgeborenen, und retten den Schein ihrer Jugend. Ihre Freundschaft ist ohne Größe und Einsamkeit. Jene expansive, auf das Unendliche gerichtete Freundschaft der Schaffenden, die auch dann noch auf unendliche geht, wenn sie zu zweien oder ihre Sehnsucht allein bleibt, hat keine Stelle in der Jugend der Hochschulen. Ihre Statt hat die persönlich zugleich beschränkte und zügellose Verbrüderung, die sich gleich bleibt auf der Kneipe und bei der Vereinsgründung im Café. Diese Lebensinstitutionen alle sind ein Markt von Vorläufigem, wie das Treiben in Kollegien und Cafés, Ausfüllungen leerer Wartezeit, Ablenkung vom Ruf der Stimme, ihr Leben aus dem einigen Geiste von Schaffen, Eros, Jugend aufzubauen. Es gilt eine keusche und verzichtende Jugend, die von der Ehrfurcht vor den Folgenden erfüllt ist. Aus Mutlosigkeit ist das Leben der Studenten solcher Ehrfurcht fern gerückt. Es folgt aber jede Lebensform und ihr Rhythmus aus den Geboten, die das Leben Schaffender bestimmen. Solange sie sich dem entziehen, wird ihr Dasein sie mit Häßlichkeit strafen und noch den Stumpfen wird Hoffnungslosigkeit ins Herz treffen.

Noch geht es um die äußerste gefährdete Notwendigkeit, es bedarf der strengen Richtung. Jeder wird seine eigenen Gebote finden, der die oberste Forderung an sein Leben heranträgt. Er wird das Künftige aus seiner verbildeten Form im Gegenwärtigen erkennend befreien.

Die Waffen von morgen

Die obigen Bezeichnungen werden im kommenden Kriege ebenso populär sein wie „Schützengraben", „U-Boot", „Dicke Berta" und „Tank" im vergangenen. Für die zungenbrecherischen chemischen Vokabeln werden gefällige Abkürzungen in wenigen Tagen aufgekommen sein. Und diese, im Laufe einiger Stunden zu nie geahnter Aktualität beförderten Ausdrücke werden an Popularität den Wortschatz aller Frontberichte von 1914 bis 1918 überbieten.

Unmittelbar betreffen sie einen jeden. Der kommende Krieg wird eine geisterhafte Front haben. Eine Front, die gespenstisch bald über diese, bald über jene Metropole, in ihre Straßen und vor jede ihrer Haustüren vorgerückt wird. Dazu wird dieser Krieg, der Gaskrieg aus den Lüften, in nie gekanntem Sinne dieses Wortes, ein wahrhaft „atemraubender" Hasard sein. Denn seine schärfste strategische Eigenart liegt darin: bloßer und radikalster Angriffskrieg zu sein. Gegen die Gasangriffe aus der Luft gibt es keine zulängliche Gegenwehr. Selbst die privaten Schutzmaßregeln, die Gasmasken, versagen in den meisten Fällen. Das Tempo der kommenden kriegerischen Auseinandersetzung wird demnach durch das Bestreben diktiert werden, nicht sowohl sich zu verteidigen, als die vom Gegner verursachten Schrecken durch ein Zehnfaches von Schrecken zu überbieten. Daher ist es belanglos, wenn wohlmeinendere unter den Theoretikern uns das „humane" Tränengas in Aussicht stellen, ja, womöglich für den Gaskrieg Stimmung zu machen suchen, indem sie ihn dem Luftkrieg mit Explosivstoffen gegenüberstellen. Schärfer sehen andere, indem sie für den Gasangriff von vornherein dasjenige Motiv in den Vordergrund stellen, dessen wachsende Bedeutung bereits der vorige Krieg gelehrt hat: letzter Zweck der Aktionen des Flugzeuggeschwaders soll die Vernichtung des feindlichen W i l l e n s zum Widerstande sein. Durch einige wenige „raids" soll die Bevölkerung der feindlichen Zentren mit besinnungslosem Entsetzen derart erfüllt werden, daß jeder Appell an die Organisation der Abwehr versagt. Der Schrecken soll sich der Psychose nähern.

Ein Bild, das nichts von W e l l s schen und Jules V e r n e schen Utopien an sich hat: In den Straßen Berlins verbreitet sich bei schönem, strahlendem Frühlingswetter ein Geruch wie von Veilchen. Das dauert einige Minuten lang. Danach wird die Luft erstickend. Wem es nicht gelingt, aus ihrem Bereich zu entkommen, der wird in wenigen weiteren Minuten nichts mehr erkennen können, sein Gesicht, momentan, verlieren. Und glückt ihm weiterhin keine Flucht oder nimmt ihn kein Abtransport auf, so muß er ersticken. Das alles kann eines Tages eintreten, ohne daß in der Luft irgendein Flugzeug sichtbar, das Surren irgendeines Propellers vernehmbar wäre. Bei unverändert klarem Himmel und blendender Sonne. Aber unsichtbar und unhörbar, 5000 Meter hoch, steht ein Fluggeschwader, das Chlorazetophenol herabtropfen läßt, Tränengas, das „humanste" der neuen Mittel, das, wie bekannt, in den Gasangriffen des letzten Krieges bereits eine Rolle gespielt hat.

Kein zuverlässiges Mittel macht der Geschwader Wahrnemung möglich, die in einer Höhe von 5 bis 6 Kilometern über der Erdoberfläche sich aufhalten. Zumindest öffentlich ist keins bekannt. Die gedämpfte Ouvertüre, die seit Jahren in den chemischen und technischen Laboratorien sich abspielt, dringt ja nur mit vereinzelten Mißtönen an die Ohren der Oeffentlichkeit. Ab und zu erfährt man Dinge, wie die Erfindung eines empfindlichen Fernhörers, der das Surren der Propeller auf große Entfernungen hin registriert. Und einige Monate später dann wieder die Erfindung eines lautlosen Flugzeuges.

Einige Tatsachen, die der amerikanische Kriegskorrespondent W i l l i a m   G . S h e p h e r d in der „L i b e r t y " über die „Anwendbarkeit" des französischen Flugparks im Kriege gibt, sind illustrativ.

Frankreich besitzt heute mindestens 2500 Flugzeuge im aktiven Friedensdienst; weitere sind in Reserve. Die Gesamttonnage der französischen Luftkräfte beträgt je nach der Flughöhe 600 bis 3000 Tonnen. Shepherd setzt London. Londons Zentrum mit dem Sitz aller lebenswichtigen Institute des britischen Imperiums bedeckt vier englische Quadratmeilen. Diese erfordern, um auf mehrer Monate hinaus unbewohnbar zu werden, 120 Tonnen Dichloräthylsulfid, Senfgas. Da zu gleicher Zeit über diesem Territorium maximal 250 Flieger − in ein und derselben Luftschicht natürlich − sich aufhalten können, jeder davon mindestens 500 Pfund mit sich führt und dieses Geschwader eine Tonne pro Minute abwirft, so steht − immer nach Shepherds Ansatz − das Herz des britischen Weltreichs nach zwei Stunden still.

An dergleichen Darstellungen ist das Bedenkliche, daß die menschliche Phantasie ihnen nachzukommen sich weigert und gerade das U n g e h e u r e des drohenden Schicksals für die Denkfaulheit ein Vorwand wird. Deren Einrede kommt immer darauf hinaus, daß ein solcher Krieg entweder überhaupt „unmöglich" oder von verschwindend kurzer Dauer sein müßte. In Wahrheit wäre dieser Krieg nur dann im Handumdrehen beendet, wenn die jeweilige Basis der Flugzeuggeschwader den Streitenden bekannt wäre. Das ist nicht der Fall. Diese Basis nämlich braucht keineswegs auf dem Lande zu liegen. Irgendwo im Ozean können die Flugzeuge von den Mutterschiffen, die in den Gewässern des Weltmeeres unausgesetzt ihren Standort wechseln, sich erheben.

Wie sehen jene Giftgase aus, deren Gebrauch die Verabschiedung aller menschlichen Regungen voraussetzt? Bis heute kennen wir siebzehn; unter ihnen sind das Senfgas und das Lewisit die wichtigsten. Gegen beide geben Gasmasken keinen Schutz. S e n f gas frißt das Fleisch und führt da, wo es nicht unmittelbar tödlich wirkt, Verbrennungen herbei, deren Heilung drei Monate beansprucht. Monatelang bleibt es an Gegenständen, die einmal mit ihm in Berührung gekommen sind, virulent. In den Regionen, die unter einem Senfgasangriff jemals gelegen haben, kann noch nach Monaten jeder Schritt auf dem Erdboden, jede Türklinke und jedes Brotmesser den Tod bringen. Senfgas macht wie viele andere giftige Gase alle Lebensmittel ungenießbar und vergiftet das Wasser. Die Strategen stellen sich die Verwendung dieses Mittels so vor: Gewisse taktisch wichtige Bezirke sind mit Wällen von Senfgas oder etwa von Diphenylaminchlorasin zu umgeben. Innerhalb dieser Wälle geht alles zugrunde, durch sie kann nichts eindringen. So lassen sich Häuser, Städte, Landschaften derart präparieren, daß monatelang weder animalisches noch pflanzliches Leben in ihnen aufkommen kann. Es erübrigt sich, zu bemerken, daß die Unterscheidung zwischen ziviler und kampftätiger Bevölkerung im Gaskriege fortfällt, damit aber eines der stärksten Fundamente des Völkerrechts. Das „Lewisit" ist ein Arsengift, dringt sofort ins Blut, tötet unwiderruflich, blitzartig alles Getroffene. Monatelang sind alle von schweren Gasangriffen betroffenen Bezirke durch Leichen verpestet. Schutz gibt es in solchen Gebieten natürlich nicht: Keller und Unterstände, die vor Explosivbomben allenfalls schützen, bringen bei Gasangriffen den sicheren Tod, weil das schwere Gas in die Tiefe sinkt.

Nun hat bekanntlich das Zentralkomitee des V ö l k e r b u n d e s eine „Kommission zum Studium des chemischen und bakteriologischen Krieges" eingesetzt. Dieser Kommission gehörten internationale Autoritäten an. Ihr Bericht hat nicht die gebührende Beachtung gefunden. Noch immer behaupten sich in der großen Politik Rüstungs- bzw. Abrüstungsprobleme, deren Belang vor den Tatsachen der chemischen Vorkehrungen in Nichts zerstiebt. Die Beharrlichkeit, mit der bei der Ausführung des Versailler Vertrages durch

Deutschland lächerliche Militärrequisiten beanstandet wurden, hat nicht allein ihre unangenehme, sondern vor allem ihre höchst g e f ä h r l i c h e Seite. Denn sie lenkt die öffentliche Aufmerksamkeit vom einzig aktuellen Problem des internationalen Militarismus ab.

Die Kaktushecke

Der erste Fremde, der zu uns nach Ibiza kam, war ein Ire O'Brien. Das ist jetzt ungefähr zwanzig Jahre her, und der Mann war damals schon in den Vierzigern. Er war, bevor er sich bei uns zur Ruhe setzte, viel herumgekommen, hatte in seiner Jugend lange als Farmer in Ostafrika gelebt, war ein großer Jäger und Lassowerfer, vor allem aber ein Sonderling, wie ich keinen gekannt habe. Von den gebildeten Kreisen, Geistlichen, Magistratsbeamten, hielt er sich fern, selbst mit den Eingeborenen stand er nur in losem Verkehr. Dennoch lebt sein Gedächtnis bei den Fischern heute noch, und zwar vor allem wegen seiner Meisterschaft im Knotenbinden. Im übrigen schien seine Menschenscheu nur halb die Folge seines Naturells zu sein; widrige Erfahrungen mit Nahestehenden mochten das Weitere dazu getan haben.

Ich konnte damals nicht viel mehr ermitteln, als daß ein Freund, dem er sein einzig wertvolles Besitztum anvertraut hatte, damit verschwunden war. Das war eine Sammlung von Negermasken, welche er bei den Eingeborenen selber in seinen afrikanischen Jahren erworben hatte. Im übrigen hat sie dem, der sie sich angeeignet hatte, kein Glück gebracht. Bei einem Schiffsbrand war er umgekommen und mit ihm die Sammlung von Masken, die ihn an Bord begleitet hatte.

O'Brien saß auf seiner Finca hoch über der Bucht, hatte er aber Arbeit vor, so führte ihn sein Weg immer wieder ans Meer. Da befaßte er sich mit Fischerei, ließ die aus canas geflochtenen Reusen hundert Meter und tiefer hinab, wo die Langusten auf dem felsigen Meeresboden spazieren, oder fuhr an stillen Nachmittagen hinaus, um Netze zu legen, die in zwölf Stunden wieder eingeholt sein wollten. Daneben aber war der Fang von Landtieren seine Freude geblieben, und in England besaß er zu Amateuren und Wissenschaftlern genügend Beziehungen, um selten ganz ohne Aufträge, sei es auf Vogelbälge, seltene Käferarten, Geckos oder Schmetterlinge zu sein. Am meisten aber beschäftigten ihn die Eidechsen. Man erinnert sich noch der Terrarien, die damals, zuerst in England, in der Kakteen-Ecke der Boudoirs oder der Wintergärten sich ansiedelten. Eidechsen begannen ein Modeartikel zu werden, und unsere Balearen wurden bald bei den Tierhändlern ebenso bekannt, wie sie es bei den Führern römischer Legionen einst ihrer Schleuderer wegen gewesen sind. Denn „balea" heißt die Schleuder.

O'Brien, ich sagte es schon, war ein Sonderling. Ich glaube, vom Eidechsenfang und Kochen bis zum Schlafen und Denken tat er nichts auf die Art, wie andere es machen. Was Speisen anging, so hielt er von Vitaminen, Kalorien und dergleichen wenig. Alles Essen, so pflegte er zu sagen, sei Heilung oder sei Vergiftung, und ein Mittleres gäbe es nicht. Der Essende also müsse sich immer als eine Art von Rekonvaleszenten ansehen, wenn er sich nämlich richtig ernähren wolle. Und nun konnte man von ihm eine ganze Liste von Speisen hören, deren die einen dem Sanguiniker, die anderen dem Choleriker, andere wieder dem Phlegmatischen und endlich wieder andere dem Melancholischen entsprächen, ihnen heilsam seien, indem sie die ergänzenden, die mildernden Substanzen ihnen einverleibten.

Ganz ähnlich stand es mit dem Schlaf; er hatte da eine eigene Theorie der Träume und behauptete, bei den Pangwe, einem Negerstamme im Innern, das unfehlbare Mittel kennengelernt zu haben, Alpträume, quälende Gesichte, die im Schlafe wiederkehren, sich fernzuhalten. Man brauche nur am Abend, ehe man schlafen gehe, das Schreckensbild – wie es die Pangwe unter Zeremonien tun – sich zu beschwören, so bleibe man des Nachts vor ihm bewahrt. Er nannte das die Traumimpfung.

Das Denken endlich – wie er es mit dem Denken hielt, das sollte ich eines Nachmittags erfahren, als wir in einem Boot auf dem Wasser lagen, um Netze, die am Vortag ausgeworfen waren, einzuziehen. Der Fang war elend. Wir hatten das beinahe leere Netz fast eingebracht, als ein paar Maschen sich an einem Riff verfingen und trotz aller Sorgfalt bei der Bergung rissen.

Ich rollte meine Regenhaut zusammen, schob sie in meinen Nachen und streckte mich aus. Das Wetter war bewölkt, die Luft still. Bald fielen ein paar Tropfen, und das Licht, das alle Dinge hier vom Himmel her so sehr beansprucht, verzog sich, um sie der Erde zurückzugeben.

Als ich mich aufrichtete, fiel mein Blick auf ihn. Er hielt sein Netz noch in den Händen, aber die ruhten; der Mann war wie abwesend. Befremdet faßte ich ihn näher ins Auge; sein Gesicht war ausdruckslos und ohne Alter; um den geschlossenen Mund spielte ein Lächeln. Ich griff nach meinem Ruderpaar; ein paar Schläge führten uns übers stille Wasser.

O'Brien sah auf.

„Jetzt hält es wieder", sagte er und prüfte, kräftig zerrend, den neuen Netzknoten. „Es ist aber auch ein doppelter Fläme."

Verständnislos sah ich ihn an.

„Ein doppelter Fläme", wiederholte er. „Sehen Sie, er kann Ihnen auch beim Angeln nützen."

Und damit nahm er ein Stück Schnur, schlug eines ihrer Enden ein und schlang es drei-, viermal um sich selber, bis es zur Achse einer Spirale wurde, deren Windungen mit einem Ruck sich zum Knoten zusammenzogen.

„Eigentlich", fuhr er fort, „ist er nur eine Abart des doppelten Galeerenknotens und auf alle Fälle, geschleift oder ungeschleift, dem Zimmermann vorzuziehen." All dies begleitete er mit geschwinden Windungen und Schleifen. Mir schwindelte.

„Wer diesen Knoten", schloß er, „auf Anhieb bindet, der hat es ziemlich weit gebracht und kann sich zur Ruhe setzen. Ganz wörtlich meine ich das: zur Ruhe setzen, denn das Knoten ist eine Yogakunst; vielleicht das wunderbarste aller Entspannungsmittel. Man lernt es nur durch Ueben und Wiederüben – nicht erst am Wasser, sondern zu Hause, in aller Gemütsruhe, im Winter, bei Regen. Und am besten, wenn man Kummer und Sorgen hat. Sie glauben nicht, wie oft ich darüber eine Lösung für Fragen, die mich bedrückten, gefunden habe."

Schließlich versprach er, mich in diesem Fache zu unterrichten und in alle seine Geheimnisse vom Kreuz- und Weber- bis zum Puffer- und Herkulesknoten mich einzuführen.

Aber es wurde nichts draus; denn bald darauf sah man ihn immer seltener am Wasser. Erst blieb er drei, vier Tage fern, dann ganze Wochen. Was er trieb, wußte niemand. Man munkelte von einer geheimnisvollen Beschäftigung. Unzweifelhaft hatte er irgendeine neue Liebhaberei entdeckt.

Es vergingen einige Monate, bis wir wieder einmal im Boot beieinander lagen. Diesmal war der Fang reichlicher, und als wir zuletzt eine große Meerforelle an seiner Angel fanden, machte O'Brien mir den Vorschlag, am nächsten Abend zu einem kleinen Essen zu ihm zu kommen.

Nach Tisch sagte O'Brien, indem er eine Tür öffnete, „meine Sammlung, von der Sie gewiß schon gehört haben."

Gehört hatte ich von der Sammlung von Negermasken wohl, aber eigentlich nur dies, daß sie zugrundegegangen war.

Doch da hingen sie nun, zwanzig bis dreißig Stück, im leeren Zimmer, an geweißten Wänden. Es waren Masken von groteskem Ausdruck, die vor allem eine bis ins Komische getriebene Strenge, eine ganz unerbittliche Ablehnung alles Ungemäßen verrieten. Die aufgeworfenen Oberlippen, die gewölbten Riefen, zu denen Lidspalte und Brauen geworden waren, schienen etwas wie grenzenlosen Widerwillen gegen den Nahenden, ja gegen das Nahende schlechthin, zum Ausdruck zu bringen, während die gestaffelten Kuppen des Stirnschmucks und die Verstrebungen der geflochtenen Haarsträhnen wie Mäler hervortraten, die die Rechte einer fremden Macht über diese Züge bekundeten. Auf welche dieser Masken man auch blickte, nirgends schien ihr Mund irgend dazu bestimmt, Laute entfahren zu lassen; die wulstig aufgeworfenen oder festgeschlossenen Lippen waren Schranken vor oder nach dem Leben wie die Lippen der Embryonen oder die der Toten.

O'Brien war zurückgeblieben.

„Diese hier", sagte er plötzlich hinter mir und wie zu sich selber, „habe ich zuerst wiedergefunden."

Als ich mich umwandte, stand er vor einem langgezogenen, glatten, ebenholzschwarzen Kopf, der ein Lächeln zeigte. Es war ein Lächeln so von Anbeginn herauf, daß es im Grunde wie ein Wiederkäuen des Lächelns hinter den geschlossenen Lippen schien. Im übrigen lag dieser Mund ganz tief, wie denn das ganze Antlitz nichts als Ausgeburt der ungeheuren gewölbten Stirn war, die in unaufhaltsamem Bogen herniederfloß, durchbrochen nur von den erhabenen runden Augenringen, die wie aus einer Taucherglocke hervortraten.

„Diese habe ich zuerst wiedergefunden. Und ich könnte Ihnen auch sagen, wie."

Ich sah ihn nur an. Mit dem Rücken lehnte er sich gegen das niedrige Fenster, und dann begann er:

„Wenn Sie hinaussehen, haben Sie vor sich die Kaktushecke. Es ist die größte in der ganzen Gegend. Bemerken Sie den Stamm, wie er bis hoch hinauf verholzt ist. Daran erkennen Sie das Alter; mindestens hundertfünfzig Jahre. Es war eine Nacht wie heute, nur daß der Mond schien. Vollmond. Ich weiß nicht, ob Sie sich je Rechenschaft von der Wirkung des Mondes in dieser Gegend gegeben haben, in der sein Licht nicht auf den Schauplatz unseres Tagesdaseins zu fallen scheint, sondern auf eine Gegen- oder Neben-Erde. Den Abend hatte ich vor meinen Seekarten zugebracht. Sie müssen wissen, es ist mein Steckenpferd, die Karten des britischen Marineamts zu verbessern, und zugleich ein billig erworbener Ruhm, denn wo ich eine neue Stelle mit meinen Reusen besetze, nehme ich Lotungen vor. Also ich hatte einige Hügelchen auf dem Meeresgrunde umschrieben und drüber nachgedacht, wie hübsch es wäre, wenn man mich dort in der Tiefe verewigte, indem man ihrer einem meinen Namen gäbe. Und dann war ich zu Bett gegangen. Sie werden vorhin gesehen haben, daß ich Vorhänge vor den Fenstern habe; die fehlten mir damals noch, und der Mond rückte, während ich schlaflos lag, gegen mein Bett vor. Ich hatte wieder zu meinem Lieblingsspiel gegriffen, dem Knotenschlingen. Ich glaube, ich habe Ihnen schon einmal davon gesprochen. Das geht so vor sich, daß ich im Geiste einen komplizierten Knoten schürze, darauf ihn gleichsam bei mir selbst beiseite lege und einen zweiten, wieder in Gedanken, zustandebringe. Dann kommt der erste wieder an die Reihe. Nur daß ich ihn diesmal nicht zu schürzen, sondern zu lösen habe. Natürlich kommt es dabei darauf an, die Form der Knoten ganz präzise im Gedächtnis zu behalten, vor allem darf sich der erste mit dem zweiten nicht vermengen. Diese Uebungen, in denen ich es wirklich zu einigem Können gebracht habe, stelle ich an, wenn ich Gedanken im Kopf habe und keine Lösung, oder Müdigkeit in den Gliedern und keinen Schlaf finde. Bei beiden kommt es auf ein und dasselbe hinaus: die Entspannung.

Diesmal aber half mir meine bewährte Meisterschaft nichts, denn je näher ich der Lösung kam, desto näher rückte auch der blendende Mondschein gegen mein Bett vor. Da nahm ich meine Zuflucht zu einem andern Mittel. Ich ließ die Sprüche, Rätsel, Lieder und Diktons, die ich allmählich auf der Insel gelernt habe, Revue passieren. Das ging schon besser. Ich fühlte meinen inneren Krampf sich legen, da fiel mein Blick auf die Kaktushecke. Ein altes Spottverschen kam mir in das Gedächtnis: „Buenas tardes chlumbas figas." Der Bauernjunge sagt „Guten Abend" zu der Kaktusfeige, zückt sein Messer und zieht ihr, wie es heißt, vom Wirbel bis zum Hintern einen Scheitel.

Aber die Zeit der Kaktusfeigen war längst vorüber. Die Hecke stand kahl; ihre Blätter stießen bald schräg ins Leere, bald standen sie gestaffelt, dicke Schalen, die vergebens auf Regen warten.

„Kein Zaun, sondern Zaungäste", ging es mir durch den Kopf.

Denn in der Zwischenzeit schien eine Verwandlung mit dieser Hecke vor sich gegangen. Es war, als wenn die draußen in der Helle, die nun mein ganzes Bett umgab, herstarrten; als hinge da eine Schar mit angehaltenem Atem an meinen Blicken. Ein Getümmel erhobener Schilde, Kolben und Streitäxte. Und beim Einschlafen erkannte ich plötzlich das Mittel, mit dem die Gestalten da draußen mich in Schach hielten. Es waren Masken, die sich mir entgegenreckten!

So war der Schlummer über mich gekommen. Am nächsten Morgen aber ließ es mir keine Ruhe. Ich nahm ein Messer, und dann schloß ich mich acht Tage mit dem Block ein, aus dem die Maske, die hier hängt, entstand. Die anderen entstanden eine nach der andern, und ohne daß ich noch jemals einen Blick an die Kaktushecke verloren hätte. Ich will nicht sagen, daß sie alle meinen früheren ähnlich sehen; aber schwören möchte ich, daß kein Kenner diese Masken von denen unterscheiden könnte, die vor Jahren einmal ihre Stelle einnahmen."

So erzählte O'Brien. Wir plauderten noch ein Weilchen, dann ging ich.

Einige Wochen später hörte ich, O'Brien habe sich wieder mit einer geheimnisvollen Arbeit eingeschlossen und sei für jedermann unzugänglich. Ich habe ihn niemals wiedergesehen, denn bald danach starb er.

Schon lange hatte ich nicht mehr an ihn gedacht, als ich zu meiner Ueberraschung eines Tages bei einem Pariser Kunsthändler in der Rue La Boétie in einem Glaskasten drei Negermasken entdeckte.

„Darf ich Sie", wandte ich mich an den Chef des Hauses, „zu dieser unerhört schönen Erwerbung aufrichtig beglückwünschen?"

„Ich sehe mit Vergnügen", war die Antwort, „daß Sie Qualität zu würdigen wissen! Ich sehe, daß Sie Kenner sind! Die Masken, die Sie hier mit Recht bewundern, sind nichts als eine kleine Probe der großen Kollektion, deren Ausstellung wir augenblicklich vorbereiten!"

„Und ich könnte mir denken, mein Herr, daß diese Masken unsere jungen Künstler zu interessanten eigenen Versuchen inspirieren würden."

„Das hoffe ich sogar! – Wenn Sie sich übrigens näher dafür interessieren, lasse ich Ihnen aus meinem Büro die Gutachten unserer ersten Kenner aus dem Haag und aus London kommen. Sie werden finden, daß es sich um jahrhundertalte Objekte handelt. Bei zweien möchte ich sogar von Jahrtausenden reden."

„Diese Gutachten zu lesen, würde mich in der Tat besonders interessieren! Dürfte ich Sie nun fragen, von wem diese Sammlung stammt?"

„Sie stammt aus dem Nachlaß eines Iren. O'Brien. Sie werden seinen Namen nie gehört haben. Er lebte und starb auf den Balearen."

Kierkegaard

Das Ende des philosophischen Idealismus

Der letzte Versuch, Kierkegaards Gedankenwelt ungebrochen zu übernehmen oder weiterzuführen, ging von der „Dialektischen Theologie" Karl Barths aus. Die Wellen dieser theologischen Bewegung berühren sich in ihren Ausläufern mit den von Heideggers existenziellem Denken hervorgerufenen Kreisen. Der vorliegende Versuch — Theodor *Wiesengrund-Adorno*: Kierkegaard (G. C. B. Mohr, Tübingen) – geht an den Gegenstand von einer ganz anderen Seite heran. Kierkegaard wird hier nicht fortgeführt, sondern zurück: Zurück ins Innere des philosophischen Idealismus, in dessen Bannkreis die eigentlich theologische Intention des Denkers zur Ohnmacht verurteilt blieb.

Wiesengrunds Fragestellung ist somit, wenn man will, eine historische. In ihrer Bearbeitung aber erweist er, aus welch höchst aktuellen Interessen heraus seine methodisch so vorsichtige Untersuchung entsprungen ist. Sie führt zu einer Kritik des deutschen Idealismus, dessen Enträtselung von seiner Spätzeit ausgeht. Denn Kierkegaard ist ein Spätling. Die von Wiesengrund sehr glücklich charakterisierte Zwitternatur seiner schriftstellerischen Erscheinung, die seine Produkte so oft zu Bastarden von Dichtung und Erkenntnis zu machen scheint, gibt Aufschluß über die verborgensten Elemente des Idealismus, die in ihm wirken. Im ästhetischen Idealismus der Romantik nämlich kommen die mythischen Elemente des absoluten Idealismus überhaupt zum Vorschein. Und deren logische und historische Darstellung bildet in Wiesengrunds Untersuchung den Mittelpunkt.

Der Verfasser zeigt das Mythische nicht nur in der Existenzialphilosophie von Kierkegaard, sondern in „jeglichem Idealismus des absoluten Geistes" auf. Nirgends jedoch — selbst nicht beim späten Schelling und bei Baader — hat es in derart originalen, zeitgeprägten, aufschlußreichen Formationen seinen Niederschlag gefunden wie bei Kierkegaard. Die sehr präzise und erschöpfende Aufdeckung und Beschreibung dieser Formationen gibt manchen Seiten der Untersuchung etwas von einer Phantasmagorie. Nie aber geht die Einsicht oder Schlagkraft – wie das in der „Kulturgeschichte" oft der Fall ist – auf Kosten kritischer Genauigkeit. Und doch wird keine Kulturgeschichte dieses 19. Jahrhunderts es an Bildkraft mit den Konstellationen aufnehmen können, in die hier, aus dem Zentrum seines Denkens, Kierkegaard bald mit Hegel, bald mit Wagner, bald mit Poe, bald mit Baudelaire tritt. Dem Aufriß in der Breite des Jahrhunderts entspricht der in die Tiefe der Vergangenheit. Pascal und die Allegorienhölle des Barock sind hier der Vorhof jener Zelle, in der Kierkegaard der Trauer sich anheimgibt, und die er mit seiner falschen Freundin Ironie teilt.

Diese Bilderwelt, in deren Labyrinthen und Spiegelungen Kierkegaards wesenhafteste Erfahrungen liegen, hat er selber aber als etwas Geringes, Willkürliches, Idiosynkratisches empfunden; und der ganze hochmütige Anspruch seiner Existenzialphilosophie beruht auf der Ueberzeugung, in ihr, als dem Bezirk des „Innerlichen", der „reinen Geistigkeit", den Schein durch die „Entscheidung", die existenzielle, kurz die religiöse Haltung überwunden zu haben. Hier wird nun Wiesengrund in einer eindringlichen Analyse des Existenzialbegriffs zum unbestechlichen Kritiker Kierkegaards. Der „trügerischen Theologie der paradoxon Existenz" schaut er bis auf den Grund. Und so erkennt er „die ‚Tiefe' Kierkegaards, will man an dem vielmißbrauchten Begriff festhalten, keinesfalls darin, unter der Hülle idealistischer Denkformen einen absoluten religiösen Ursinn wieder hergestellt zu haben". Vielmehr hat Kierkegaard als Ursinn des Idealismus selber „in dessen historischem Untergang mythischen Gehalt aufgehen lassen als einen zugleich historischen".

So bekommt die Kierkegaardsche Innerlichkeit ihren bestimmten Ort in der Geschichte und Gesellschaft. Ihr Modell ist das bürgerliche Interieur, in welchem historische und mythische Züge ineinandertreten. Mit gutem Griff hat Wiesengrund eine Anzahl von faszinierenden Beschreibungen derartiger Innenräume dem Werke Kierkegaards entnommen. In ihnen erweist sich die Innerlichkeit „als das Gefängnis des urgeschichtlichen Menschenwesens". Es ist aber nicht, wie Kierkegaard meinte, der „Sprung", der, mit der Zauberkraft des „Paradoxen" den Menschen aus dieser Gefangenschaft befreit. Nirgends greift Wiesengrund vielmehr tiefer, als wo er, die Schablonen der Kierkegaardschen Philosophie mißachtend, in deren unauffälligsten Relikten, den Bildern, Gleichnissen, Allegorien den Schlüssel sucht.

In diesem Buch liegt viel auf engem Raum. Leicht möglich, daß die späteren des Verfassers einmal aus diesem hier entspringen werden. In jedem Fall gehört es zu der Klasse jener seltenen Erstlingswerke, in denen ein beflügelter Gedanke in der Verpuppung der Kritik erscheint.

W. B.

Ein Weihnachtsengel

Mit den Tannenbäumen begann es. Eines Morgens, als wir zur Schule gingen, hafteten an den Straßenecken die grünen Siegel, die die Stadt wie ein großes Weihnachtspaket an hundert Ecken und Kanten zu sichern schienen. Dann barst sie eines schönen Tages dennoch, und Spielzeug, Nüsse, Stroh und Baumschmuck quollen aus ihrem Innern: der Weihnachtsmarkt. Mit ihnen aber quoll noch etwas anderes hervor: die Armut. Wie nämlich Aepfel und Nüsse mit ein wenig Schaumgold neben dem Marzipan sich auf dem Weihnachtsteller zeigen durften, so auch die armen Leute mit Lametta und bunten Kerzen in den besseren Vierteln. Die Reichen aber schickten ihre Kinder vor, um denen der Armen wollene Schäfchen abzukaufen oder Almosen auszuteilen, die sie selbst vor Scham nicht über ihre Hände brachten. Inzwischen stand bereits auf der Veranda der Baum, den meine Mutter insgeheim gekauft und über die Hintertreppe in die Wohnung hatte bringen lassen. Und wunderbarer als alles, was das Kerzenlicht ihm gab, war, wie das nahe Fest in seine Zweige mit jedem Tage dichter sich verspann. In den Höfen begannen die Leierkasten die letzte Frist mit Chorälen zu dehnen. Endlich war sie dennoch verstrichen und einer jener Tage wieder da, an deren frühesten ich mich hier erinnere.

In meinem Zimmer wartete ich, bis es sechs werden wollte. Kein Fest des späteren Lebens kennt diese Stunde, die wie ein Pfeil im Herzen des Tages zittert. Es war schon dunkel; trotzdem entzündete ich nicht die Lampe, um den Blick nicht von den Fenstern überm Hof zu wenden, hinter denen nun die ersten Kerzen zu sehen waren. Es war von allen Augenblicken, die das Dasein des Weihnachtsbaumes hat, der bänglichste, in dem er Nadeln und Geäst dem Dunkel opfert, um nichts zu sein als nur ein unnahbares und doch nahes Sternbild im trüben Fenster einer Hinterwohnung. Doch wie ein solches Sternbild hin und wieder eins der verlassenen Fenster begnadete, indessen viele weiter dunkel blieben und andere noch trauriger im Gaslicht der früheren Abende verkümmerten, schien mir, daß diese weihnachtlichen Fenster die Einsamkeit, das Alter und das Darben – all das, wovon die armen Leute schwiegen – in sich faßten.

Dann fiel mir wieder die Bescherung ein, die meine Eltern eben rüsteten. Kaum aber hatte ich so schweren Herzens, wie nur die Nähe eines sichern Glücks es macht, mich von dem Fenster abgewandt, so spürte ich eine fremde Gegenwart im Raum. Es war nichts als ein Wind, so daß die Worte, die sich auf meinen Lippen bildeten, wie Falten waren, die ein träges Segel plötzlich vor einer frischen Brise wirft: „Alle Jahre wieder, kommt das Christuskind, auf die Erde nieder, wo wir Menschen sind" – mit diesen Worten hatte sich der Engel, der in ihnen begonnen hatte, sich zu bilden, auch verflüchtigt. Doch nicht mehr lange blieb ich im leeren Zimmer. Man rief mich in das gegenüberliegende, in dem der Baum nun in die Glorie eingegangen war, welche ihn mir entfremdete, bis er, des Untersatzes beraubt, im Schnee verschüttet oder im Regen glänzend, das Fest da endete, wo es ein Leierkasten begonnen hatte.

Das Fieber

Das lehrte stets von neuem der Beginn von jeder Krankheit, mit wie sicherem Takt, wie schonend und gewandt das Mißgeschick sich bei mir einfand. Aufsehn zu erregen, lag ihm fern. Mit ein paar Flecken auf der Haut, mit einer Uebelkeit begann es. Und es war, als sei die Krankheit durchaus gewohnt, sich zu gedulden, bis ihr vom Arzt Quartier bereitet worden sei. Der kam, besah mich und legte Wert darauf, daß ich das Weitere im Bett erwarte. Lesen verbot er mir. Ohnehin hatte ich Wichtigeres zu tun. Denn nun begann ich, was kommen mußte, durchzugehen, solange es noch Zeit und mir im Kopfe nicht zu wirr war. Ich maß den Abstand zwischen Bett und Tür und fragte mich, wie lange noch mein Rufen ihn überbrücken könne. Ich sah im Geist den Löffel, dessen Rand die Bitten meiner Mutter besiedelten, und wie, nachdem er meinen Lippen erst so schonungsvoll genähert worden war, mit einemmal sein wahres Wesen durchbrach, indem er mir die bittere Medizin gewaltsam in die Kehle schüttete. Wie ein Mann im Rausch bisweilen rechnet und denkt, nur um zu sehen: er kann es noch, so zählte ich die Sonnenkringel, die an meiner Zimmerdecke schwankten, und die Rauten der Tapete ordnete ich zu immer neuen Bündeln.

Ich bin viel krank gewesen. Daher stammt vielleicht, was andere als Geduld an mir bezeichnen, in Wahrheit aber keiner Tugend ähnelt: die Neigung, alles, woran mir liegt, von weitem sich mir nahen zu sehen wie meinem Krankenbett die Stunden. So kommt es, daß an einer Reise mir die beste Freude fehlt, wenn ich den Zug nicht auf dem Bahnhof lang erwarten konnte, und ebenfalls rührt daher, daß Beschenken zur Leidenschaft bei mir geworden ist; denn was den andern überrascht, das sehe, als Geber, ich von langer Hand voraus. Ja, das Bedürfnis, durch die Wartezeit so wie ein Kranker durch die Kissen, die er im Rücken hat, gestützt, dem Kommenden entgegenzusehen, hat bewirkt, daß späterhin mir Frauen um so schöner schienen, je getroster und länger ich auf sie zu warten hatte. Mein Bett, das sonst der Ort des eingezogensten und stillsten Daseins gewesen war, kam nun zu öffentlichem Rang und Ansehen. Auf lange war es nicht mehr das Revier heimlicher Unternehmungen am Abend: des Schmökerns oder meines Kerzenspiels. Unter dem Kissen lag nicht mehr das Buch, das sonst allnächtlich nach verbotenem Brauch mit letzter Kraft dort hingeschoben wurde. Und auch die Lavaströme und die kleinen Brandherde, welche das Stearin zum Schmelzen brachten, fielen in diesen Wochen fort. Ja, vielleicht raubte die Krankheit mir im Grunde nichts als jenes atemlose, schweigsame Spiel, das niemals frei von einer geheimen Angst für mich gewesen war – Vorbotin jener späteren, die ein gleiches Spiel am gleichen Rand der Nacht begleitete. Die Krankheit hatte kommen müssen, um mir ein reinliches Gewissen zu verschaffen. Das aber war so frisch wie jede Stelle des faltenlosen Lakens, das mich abends, wenn aufgebettet worden war, erwartete.

Meist machte meine Mutter mir das Bett. Vom Diwan aus verfolgte ich, wie sie die Kissen und Bezüge schüttelte, und dachte dabei an die Abende, an denen ich gebadet worden war und dann auf einem Porzellantablett das Abendbrot ans Bett bekommen hatte. Durch ein Gestrüpp von wilden Himbeerranken drang, hinter der Glasur, ein Weib, bemüht, dem Wind ein Banner mit dem Wahlspruch preiszugeben: „Komm nach Osten, komm nach Westen, zu Haus ist's am besten." Und die Erinnerung an das Abendbrot und an die Himbeerranken war um so viel angenehmer, als der Körper auf immer sich erhaben über das Bedürfnis, etwas zu verzehren, vorkam. Dafür gelüstete ihn nach Geschichten. Die starke Strömung, welche sie erfüllte, ging durch ihn selbst hindurch und schwemmte Krankes wie Treibgut mit sich fort. Schmerz war ein Staudamm, welcher der Erzählung nur anfangs widerstand; er wurde später, wenn sie erstarkt war, unterwühlt und in den Abgrund der Vergessenheit gespült. Das Streicheln bahnte diesem

Strom sein Bett. Ich liebte es, denn in der Hand der Mutter rieselten schon Geschichten, welche bald in Fülle ihrem Mund entströmen sollten. Mit ihnen kam das Wenige ans Licht, was ich von meinen Vorfahren erfuhr. Die Laufbahn eines Ahnen, Lebensregeln des Großvaters beschwor man mir herauf, als wolle man mir so begreiflich machen, wie übereilt es sei, der großen Trümpfe, die ich dank meiner Abkunft in der Hand hielt, durch einen frühen Tod mich zu entäußern. Wie nah ich ihm gekommen war, das prüfte zweimal am Tage meine Mutter nach. Behutsam ging sie mit dem Thermometer sodann auf Fenster oder Lampe zu und handhabte das schmale Röhrchen so, als sei mein Leben darin eingeschlossen.

Später, als ich heranwuchs, war für mich die Gegenwart des Seelischen im Leib nicht schwieriger zu enträtseln als der Stand des Lebensfadens in der kleinen Röhre, in der er immer meinem Blick entglitt. Gemessen werden strengte an. Danach blieb ich am liebsten ganz allein, um mich mit meinen Kissen abzugeben. Denn mit den Graten meiner Kissen war ich zu einer Zeit vertraut, in der mir Hügel und Berge noch nicht viel zu sagen hatten. Ich steckte ja mit den Gewalten, welche jene erstehen ließen, unter einer Decke. So richtete ich's manchmal ein, daß sich in diesem Bergwall eine Höhle auftat. Ich kroch hinein; ich zog die Decke über den Kopf und hielt mein Ohr dem dunklen Schlunde hin, die Stille ab und zu mit Worten speisend, die als Geschichten aus ihr wiederkehrten. Bisweilen mischten sich die Finger ein und führten selber einen Vorgang auf; oder sie machten „Kaufhaus" miteinander, und hinterm „Tisch", der von den Mittelfingern gebildet wurde, nickten die zwei kleinen dem Kunden, der ich selbst war, eifrig zu.

Doch immer schwächer wurde meine Lust und auch die Macht, ihr Spiel zu überwachen. Zuletzt verfolgte ich fast ohne Neugier das Treiben meiner Finger, die wie träges, verfängliches Gesindel sich im Weichbilde einer Stadt zu schaffen machten, die ein Brand verzehrte. Nicht möglich, ihnen übern Weg zu trauen. Denn hatten sie in Unschuld sich vereint – nie war man sicher, daß nicht beide Trupps, lautlos, wie sie sich eingefunden hatten, ein jeder wieder seines Weges gingen. Und der war manchmal ein verbotener, an dessen Ende eine süße Rast den Ausblick auf die lockenden Gesichte freigab, die in dem Flammenschleier sich bewegten, der hinter den geschlossenen Lidern stand. Denn aller Sorgfalt oder Liebe glückte nicht, das Zimmer, wo mein Bett stand, lückenlos dem Leben unseres Hausstands anzuschließen. Ich mußte warten, bis der Abend kam. Dann, wenn die Tür sich vor der Lampe auftat und sich die Wölbung ihrer Glocke schwankend über die Schwelle auf mich zu bewegte, war es, als ob die goldene Lebenskugel, die jede Tagesstunde wirbeln ließ, zum erstenmal den Weg in meine Kammer, wie in ein abgelegenes Fach, gefunden hätte. Und eh der Abend sich's noch selber recht bei mir hatte wohl sein lassen, fing für mich ein neues Leben an; vielmehr das alte des Fiebers blühte unterm Lampenlicht von einem Augenblick zum andern auf.

Nichts als der Umstand, daß ich lag, erlaubte mir, einen Vorteil aus dem Licht zu ziehen, den andere nicht so schnell gewinnen konnten. Ich nutzte meine Ruhe und die Nähe der Wand, die ich in meinem Bette hatte, das Licht mit Schattenbildern zu begrüßen. Nun kamen alle jene Spiele, welche ich meinen Fingern freigegeben hatte, noch einmal unbestimmter, stattlicher, verschlossener auf der Tapete wieder. „Statt sich vor den Schatten des Abends zu fürchten", so stand es in meinem Spielbuch, „benutzen ihn lustige Kinder vielmehr, um sich einen Spaß zu machen." Und bilderreiche Anweisungen folgten, nach denen man Steinbock und Grenadier, Schwan und Kaninchen an die Bettwand hätte werfen können. Mir selbst gedieh es freilich selten über den Rachen eines Wolfes hinaus. Nur war er dann so groß und klaffend, daß er den Fenriswolf bedeuten mußte, den ich als Weltvernichter in dem gleichen Raum sich in Bewegung setzen ließ, in dem man mich selbst der Kinderkrankheit streitig machte.

Eines Tages zog sie dann ab. Die nahende Genesung lockerte, wie die Geburt, Bindungen, die das Fieber noch einmal schmerzhaft angezogen hatte. Dienstboten fingen an, in meinem Dasein die Mutter wieder öfter zu vertreten. Und eines Morgens gab ich mich von neuem nach langer Pause und mit schwacher Kraft dem Teppichklopfen hin, das durch die Fenster heraufdrang und dem Kinde tiefer sich ins Herz grub als dem Mann die Stimme der Geliebten, dem Teppichklopfen, welches das Idiom der Unterschicht war, wirklicher Erwachsener, das niemals abbrach, bei der Sache blieb, sich manchmal Zeit ließ, träg und abgedämpft zu allem sich bereitfand, manchmal wieder in einen unerklärlichen Galopp fiel, als spute man sich drunten vor dem Regen.

Unmerklich, wie die Krankheit zu Beginn sich mit mir eingelassen hatte, schied sie auch. Doch wenn ich im Begriff war, sie schon wieder ganz zu vergessen, dann erreichte mich ein letzter Gruß von ihr auf meinem Zeugnis. Die Summe der versäumten Stunden war an seinem Fuß verzeichnet. Keineswegs erschienen sie mir grau, eintönig wie die, denen ich gefolgt war, sondern gleich bunten Streifchen an der Brust des Invaliden standen sie gereiht. Ja eine lange Reihe Ehrenzeichen versinnlichte in meinen Augen der Vermerk: Gefehlt — einhundertdreiundsiebzig Stunden.

Die Mummerehlen

In einem alten Kinderverse kommt die Muhme Rehlen vor. Weil mir nun „Muhme" nichts sagte, wurde dies Geschöpf für mich zu einem Geist: der Mummerehlen. Das Mißverstehen verstellte mir die Welt. Jedoch auf gute Art; es wies die Wege, die in ihr Inneres führten. Ein jeder Anstoß war ihm recht.

So wollte der Zufall, daß in meinem Beisein einmal von Kupferstichen war gesprochen worden. Am Tag darauf steckte ich unterm Stuhl den Kopf hervor: das war ein „Kopf-verstich". Wenn ich dabei mich und das Wort entstellte, tat ich nur, was ich tun mußte, um im Leben Fuß zu fassen. Beizeiten lernte ich es, in die Worte, die eigentlich Wolken waren, mich zu mummen. Die Gabe, Aehnlichkeiten zu erkennen, ist ja nichts als ein schwaches Ueberbleibsel des alten Zwangs, ähnlich zu werden und sich zu verhalten. Den aber übten Worte auf mich aus. Nicht solche, die mich Mustern der Gesittung, sondern Wohnungen, Möbeln, Kleidern ähnlich machten.

Nur meinem eigenen Bilde nie. Und darum wurde ich so ratlos, wenn man Aehnlichkeit mit mir selbst von mir verlangte. Das war beim Fotografen. Wohin ich blickte, sah ich mich umstellt von Leinwandschirmen, Polstern, Sockeln, die nach meinem Bilde gierten wie die Schatten des Hades nach dem Blut des Opfertieres. Am Ende brachte man mich einem roh gepinselten Prospekt der Alpen dar, und meine Rechte, die ein Gemsbarthütlein erheben mußte, legte auf die Wolken und Firnen der Bespannung ihren Schatten. Doch das gequälte Lächeln um den Mund des kleinen Aeplers ist nicht so betrübend wie der Blick, der aus dem Kinderantlitz, das im Schatten der Zimmerpalme liegt, sich in mich senkt. Sie stammt aus einem jener Ateliers, welche mit ihren Schemeln und Stativen, Gobelins und Staffeleien etwas vom Boudoir und von der Folterkammer haben. Ich stehe barhaupt da; in meiner Linken einen gewaltigen Sombrero, den ich mit einstudierter Grazie hängen lasse. Die Rechte ist mit einem Stock befaßt, dessen gesenkter Knauf im Vordergrund zu sehen ist, indessen sich sein Ende in einem Büschel von Pleureusen birgt, die sich von einem Gartentisch ergießen. Ganz abseits, neben der Portiere, stand die Mutter starr, in einer engen Taille. Wie eine Schneiderfigurine blickt sie auf meinen Samtanzug, der seinerseits mit Posamenten überladen und von einem Modeblatt zu stammen scheint. Ich aber bin entstellt vor Aehnlichkeit mit allem, was hier um mich ist. Ich hauste so wie ein Weichtier in der Muschel haust im neunzehnten Jahrhundert, das nun hohl wie eine leere Muschel vor mir liegt. Ich halte sie ans Ohr.

Was höre ich? Ich höre nicht den Lärm von Feldgeschützen oder von Offenbachscher Ballmusik, auch nicht das Heulen der Fabriksirenen oder das Geschrei, das mittags durch die Börsensäle gellt, nicht einmal Pferdetrappeln auf dem Pflaster oder die Marschmusik der Wachtparade. Nein, was ich höre, ist das kurze Rasseln des Anthrazits, der aus dem Blechbehälter in einen Eisenofen niederfällt, es ist der dumpfe Knall, mit dem die Flamme des Gasstrumpfs sich entzündet, und das Klirren der Lampenglocke auf dem Messingreifen, wenn auf der Straße ein Gefährt vorbeikommt. Noch andere Geräusche, wie das Scheppern des Schlüsselkorbs, die beiden Klingeln an der Vorder- und der Hintertreppe; endlich ist auch ein kleiner Kindervers dabei. „Ich will dir was erzählen von der Mummerehlen."

Das Verschen ist entstellt; doch hat die ganze entstellte Welt der Kindheit darin Platz. Die Muhme Rehlen, die einst in ihm saß, war schon verschollen als ich es zuerst gesagt bekam. Die Mummerehlen aber war noch schwerer aufzuspüren. Gelegentlich vermutete ich sie im Affen, welcher auf dem Tellergrund im Dunst von Graupen oder Sago schwamm. Ich aß die Suppe, um ihr Bild zu klären. Im Mummelsee war sie vielleicht zu Haus und seine trägen Wasser lagen ihr wie eine graue Pelerine an. Was man von ihr erzählt hat – oder mir wohl nur erzählen wollte –, weiß ich nicht. Sie war das Stumme, Lockere, Flockige, das gleich dem Schneegestöber in den kleinen Glaskegeln sich im Kern der Dinge wölkt. Manchmal wurde ich darin umgetrieben. Das war, wenn ich beim Tuschen saß. Die Farben, die ich dann mischte, färbten mich. Noch ehe ich sie an die Zeichnung legte, vermummten sie mich selber. Wenn sie feucht auf der Palette ineinanderschwammen, nahm ich sie so behutsam auf den Pinsel, als seien sie zerfließendes Gewölk.

Von allem aber, was ich wiedergab, war mir das China-Porzellan am liebsten. Ein bunter Schorf bedeckte jene Vasen, Gefäße, Teller, Dosen, die gewiß nur billige Exporterzeugnisse waren. Mich fesselten sie dennoch so, als hätte ich damals die Geschichte schon gekannt, die mich nach so viel Jahren noch einmal zum Werk der Mummerehlen hingeleitet. Sie stammt aus China und erzählt von einem alten Maler, der den Freunden sein neuestes Bild zu sehen gab. Ein Park war darauf dargestellt, ein schmaler Weg am Wasser und durch einen Baumbelag hin, der lief vor einer kleinen Türe aus, die hinten in ein Häuschen Einlaß bot. Wie sich die Freunde aber nach dem Maler umsahen, war der fort und in dem Bild. Da wandelte er auf dem schmalen Weg zur Tür, stand vor ihr still, kehrte sich um, lächelte und verschwand in ihrem Spalt. So war auch ich bei meinen Näpfen und den Pinseln auf einmal ins Bild entstellt. Ich ähnelte dem Porzellan, in das ich mit einer Farbenwolke Einzug hielt.

Zwei Rätselbilder

Unter den Ansichtskarten meiner Sammlung gab es einige wenige, deren Schriftseite mir deutlicher in der Erinnerung haftet als ihr Bild. Sie trugen die schöne, leserliche Unterschrift: Helene Pufahl. Das war der Name meiner Lehrerin. Das P, mit dem er anhob, war das P von Pflicht, von Pünktlichkeit, von Primus; f hieß folgsam, fleißig, fehlerfrei, und was das l am Ende anging, war es die Figur von lammfromm, lobenswert und lernbegierig. So wäre diese Unterschrift, wenn sie, wie die semitischen, aus Konsonanten allein bestanden hätte, nicht nur Sitz der kalligraphischen Vollkommenheit gewesen, sondern die Wurzel aller Tugenden.

Knaben und Mädchen aus den besten Häusern des bürgerlichen Westens saßen in Fräulein Pufahls Zirkel. Im einzelnen nahm man es nicht genau, so daß sich in den Kreis der Bürgerlichen auch eine Adlige verirren konnte. Luise von Landau hieß sie, und der Name hatte mich bald in seinen Bann gezogen. Bis heute blieb er mir lebendig, doch nicht darum. Er war vielmehr der erste unter denen Gleichaltriger, auf den ich den Akzent des Todes fallen hörte. Das war, nachdem ich, unserem Zirkel schon entwachsen, ein Angehöriger der Sexta war. Und wenn ich nun ans Lützowufer kam, suchte ich mit den Blicken stets ihr Haus. Zufällig lag es einem Gärtchen gegenüber, das, am anderen Ufer, in das Wasser hängt. Und das verwob sich mit der Zeit so innig mit dem geliebten Namen, daß ich schließlich zur Ueberzeugung kam, das Blumenbeet, das drüben unberührbar prange, sei der Kenotaph der kleinen Abgeschiedenen.

Fräulein Pufahl wurde abgelöst von Herrn Knoche. Nun war ich eingeschult. Was sich im Klassenzimmer zutrug, stieß mich meist ab. Doch nicht bei einem seiner Strafgerichte ist es, daß die Erinnerung Herrn Knoche trifft, vielmehr im Amt des Sehers, der das Künftige voraussagt, und das ihm nicht schlecht anstand. Wir hatten Singen. Geübt wurde das Reiterlied aus „Wallenstein": „Frisch auf, Kameraden, aufs Pferd, aufs Pferd, In das Feld, in die Freiheit gezogen! Im Felde, da ist der Mann noch was wert, Da wird das Herz noch gewogen." Herr Knoche wollte von der Klasse wissen, was denn der letzte Vers bedeuten solle. Natürlich konnte niemand Antwort geben. Herrn Knoche aber schien das eben recht, und er erklärte: „Das werdet ihr verstehen, wenn ihr groß seid."

Damals erschien mir das Ufer des Erwachsenseins durchs Flußband vieler Jahre von dem meinen so geschieden wie jenes Ufer des Kanals, von dem das Blumenbeet herübersah und das beim Spaziergang an der Hand des Kinderfräuleins nie betreten wurde. Später, als mein Weg von keinem mehr mir vorgeschrieben wurde und ich auch schon das „Reiterlied" verstand, kam ich manchmal dicht in der Nähe des Beetes am Landwehrkanal vorüber. Aber nun schien es seltener zu blühen. Und von dem Namen, den wir einst zusammen festgehalten hatten, wußte es nicht mehr als jener Vers des Reiterlieds, jetzt, da ich ihn verstand, von jenem Sinn enthielt, den uns Herr Knoche in der Gesangsstunde verheißen hatte. Das leere Grab und das gewogene Herz – zwei Rätselbilder, deren Lösung mir das Leben weiter schuldig bleiben wird.

Loggien

Wie eine Mutter, die das Neugeborene an ihre Brust legt, ohne es zu wecken, verfährt das Leben lange Zeit mit der noch zarten Erinnerung an die Kindheit. Nichts kräftigte die meine inniger als der Blick in Höfe, von deren dunklen Loggien eine, die im Sommer von Markisen beschattet wurde, für mich die Wiege war, in die die Stadt den neuen Bürger legte. Die Karyatiden, die die Loggia des nächsten Stockwerks trugen, mochten ihren Platz für einen Augenblick verlassen, um an dieser Wiege ein Lied zu singen, das zwar fast nichts von dem enthielt, was später auf mich wartete, dafür jedoch den Spruch, durch den die Luft der Höfe mir auf immer berauschend blieb. Ich glaube, daß ein Beisatz dieser Luft noch um die Weinberge von Capri war, in denen ich die Geliebte umschlungen hielt; und es ist eben diese Luft, in der die Bilder und Allegorien stehen, die über meinem Denken herrschen wie die Karyatiden auf der Loggienhöhe über die Höfe des Berliner Westens.

Der Takt der Stadtbahn und des Teppichklopfens wiegte mich da in Schlaf. Er war die Mulde, in der sich meine Träume bildeten. Zuerst die ungestalten, die vielleicht vom Schwall des Wassers oder dem Geruch der Milch durchzogen waren; dann die langgesponnenen: Reise- und Regenträume; endlich die geweckteren: vom nächsten Murmelspiel im Zoo, vom Sonntagsausflug. Der Frühling hißte hier die ersten Triebe vor einer grauen Rückfront; und wenn später im Jahr ein staubiges Laubdach tausendmal am Tage die Hauswand streifte, nahm das Schlürfen der Zweige mich in eine Lehre, der ich noch nicht gewachsen war. Denn alles wurde mir im Hof zum Wink. Wieviele Botschaften saßen nicht im Geplänkel grüner Rouleaux, die hochgezogen wurden, und wieviele Hiobsposten ließ ich klug im Poltern der Rolläden uneröffnet, die in der Dämmerung niederdonnerten.

Am tiefsten aber konnte mich die Stelle betreffen, wo der Baum im Hofe stand. Sie war im Pflaster ausgespart, in das ein breiter Eisenring versenkt war. Stäbe durchzogen ihn derart, daß er ein Gitter vorm nackten Erdreich bildete. Es schien mir nicht umsonst so eingefaßt; manchmal sann ich dem nach, was in der schwarzen Kute, aus der der Stamm kam, vorging. Später dehnte ich diese Forschung auf die Droschkenhaltestellen aus. Die Bäume dort wurzelten ähnlich, doch sie waren noch dazu umzäunt, und Kutscher hingen an die Umzäunung ihre Pelerinen, während sie für den Gaul das Pumpenbecken, welches ins Trottoir gesenkt war, mit dem Strahl füllten, der Heu- und Haferreste wegtrieb. Mir waren diese Warteplätze, deren Ruhe nur selten durch den Zuwachs oder Abgang von Wagen unterbrochen wurde, entlegenere Provinzen meines Hofes.

Viel war an seinen Loggien abzulesen: der Versuch, der abendlichen Muße nachzuhängen; die Hoffnung, das Familienleben ins Grüne vorzuschieben; das Bestreben, den Sonntag ohne Rückstand auszuschöpfen. Aber am Ende war das alles eitel. Nichts lehrte der Zustand dieser eines überm anderen befindlichen Gevierte, als wieviel beschwerliche Geschäfte jeder Tag dem folgenden vererbte. Wäscheleinen liefen von einer Wand zur anderen; die Palme sah um so obdachloser aus, als längst nicht mehr der dunkle Erdteil, sondern der benachbarte Salon als ihre Heimat empfunden wurde. So wollte es das Gesetz des Ortes, um den einst die Träume der Bewohner gespielt hatten. Doch ehe er der Vergessenheit verfiel, hatte bisweilen die Kunst ihn zu verklären unternommen. Bald stahl sich eine Ampel, bald eine Bronze, bald eine Chinavase in sein Bereich. Und wenn auch diese Altertümer selten dem Orte Ehre machten, so gewann auf diesen Loggien der Zeitverlauf selbst etwas Altertümliches. Das pompejanische Rot, das sich so oft in breitem Bande an der Wand entlangzog, war der gegebene Hintergrund der Stunden, welche in dieser Abgeschiedenheit sich stauten. Die Zeit veraltete in diesen schattenreichen Gelassen, die sich auf die Höfe öffneten. Und eben darum war der Vormittag, wenn ich auf unserer Loggia auf ihn stieß, so lange schon Vormittag, daß er mehr er selbst schien als auf jeden anderen Fleck. So auch die ferneren Tageszeiten. Nie konnte ich sie hier erwarten; immer erwarteten sie mich bereits. Sie waren schon lange da, ja gleichsam aus der Mode, wenn ich sie endlich dort aufstöberte.

Später entdeckte ich vom Bahndamm aus die Höfe neu. Und wenn ich dann an schwülen Sommernachmittagen aus dem Abteil auf sie heruntersah, schien sich der Sommer in sie eingesperrt und von der Landschaft losgesagt zu haben. Und die Geranien, die mit roten Blüten aus ihren Kästen sahen, paßten weniger zu ihm als die roten Matratzen, die am Vormittag zum Lüften über den Brüstungen gehangen hatten. Abende, die auf solche Tage folgten, sahen uns – mich und meine Kameraden – manchmal am Tisch der Loggia versammelt. Eiserne Gartenmöbel, die geflochten oder von Schilf umwunden schienen, waren die Sitzgelegenheit. Und auf die Reclamhefte schien aus einem rot- und grüngeflammten Kelch, in dem der Strumpf summte, das Gaslicht nieder: Lesekränzchen. Romeos letzter Seufzer strich durch unsern Hof auf seiner Suche nach dem Echo, das ihm die Gruft der Julia in Bereitschaft hielt.

Seitdem ich Kind war, haben sich die Loggien weniger verändert als die anderen Räume. Doch nicht nur darum sind sie mir noch nah. Es ist vielmehr des Trostes wegen, der in ihrer Unbewohnbarkeit für den liegt, der selber nicht mehr recht zum Wohnen kommt. An ihnen hat die Behausung des Berliners ihre Grenze. Berlin – der Stadtgott selber – beginnt in ihnen. Er bleibt sich dort so gegenwärtig, daß nichts Flüchtiges sich neben ihm behauptet. In seinem Schutze finden Ort und Zeit zu sich und zueinander. Beide lagern sich hier zu seinen Füßen. Das Kind jedoch, das einmal mit im Bunde gewesen war, hält sich, von dieser Gruppe eingefaßt, auf seiner Loggia wie in einem längst ihm zugedachten Mausoleum auf.

Der Mond

Das Licht, welches vom Mond herunterfließt, gilt nicht dem Schauplatz unseres Tagesdaseins. Die Weite, die es zweifelhaft erhellt, scheint einer Gegen- oder Nebenerde zu gehören. Sie ist nicht mehr die, der der Mond als Satellit folgt, sondern sie selbst in einen Mondtrabanten verwandelte. Ihr breiter Busen, deren Atemzug die Zeit war, rührt sich nicht mehr; endlich ist die Schöpfung heimgekehrt und darf nun wieder den Witwenschleier antun, den der Tag ihr fortgerissen hatte. Der blasse Strahl, der durch die Bretterjalousie zu mir hereindrang, gab mir das zu verstehen. Mein Schlaf fiel unruhig aus; der Mond zerschnitt ihn mit seinem Kommen und mit seinem Gehen. Wenn er im Zimmer stand und ich erwachte, so war ich ausquartiert, denn es schien niemand als ihn bei sich beherbergen zu wollen.

Das erste, worauf dann mein Blick fiel, waren die beiden cremefarbenen Becken des Waschgeschirrs. Bei Tage kam ich nie darauf, mich über sie aufzuhalten. Im Mondschein aber war das blaue Band, das durch den oberen Teil der Becken sich hindurchzog, ein Aergernis. Es täuschte ein gewebtes vor, das sich durch einen Saum hindurchschlang. Und in der Tat – der Rand der Becken war gefältelt wie eine Krause. Behäbige Kannen standen in der Mitte der beiden, aus dem gleichen Porzellan, das gleiche Blumenmuster tragend. Wenn ich aus meinem Bette stieg, klirrten sie, und dieses Klirren pflanzte auf den Marmorbelag des Waschtischs sich zu Schalen und Näpfen, Gläsern und Karaffen fort. So froh ich aber war, ein Lebenszeichen – sei es auch nur das Echo meines eigenen – der nächtlichen Umgebung abzulauschen, so war es doch ein unverläßliches und wartete darauf, als falscher Freund mich in dem Augenblick zu überlisten, in dem ich michs am wenigsten versah. Das war, wenn ich die Hand mit der Karaffe erhob, um Wasser in ein Glas zu schenken. Das Glucksen dieses Wassers, das Geräusch, mit dem ich erst die Karaffe, dann das Glas abstellte – alles schlug an mein Ohr als Wiederholung. Denn alle Stellen jener Nebenerde, auf welche ich entrückt war, schien das Einst bereits besetzt zu halten. So kam mir jeder Laut und Augenblick als Doppelgänger seiner selbst entgegen. Und wenn ich das für eine Weile hatte über mich ergehen lassen, so näherte ich mich meinem Bette voller Furcht, mich selbst schon darin ausgestreckt zu finden.

Ganz legte sich die Angst erst, wenn ich wieder im Rücken die Matratze fühlte. Dann schlief ich ein. Das Mondlicht rückte langsam aus meiner Stube. Und oft lag sie bereits im Dunkeln, wenn ich ein zweites oder drittes Mal erwachte. Die Hand mußte als erste sich beherzen, über den Grabenrand des Schlafs zu tauchen, in dem sie Deckung vor dem Traum gefunden hatte. Und wie noch nach Gefechtsschluß einer manchmal von einem Blindgänger ereilt wird, blieb die Hand gewärtig, unterwegs verspätet einem Traum anheimzufallen. Wenn dann das Nachtlicht, flackernd, sie und mich beschwichtigt hatte, stellte sich heraus, daß von der Welt nichts mehr vorhanden war als eine einzige verstockte Frage. Mag sein, daß diese Frage in den Falten des Vorhangs saß, welcher vor meiner Tür, um die Geräusche abzuhalten, hing. Mag sein, sie war nichts als ein Rückstand vieler vergangener Nächte. Endlich mag es sein, daß sie die andere Seite des Befremdens war, das der Mond in mir verbreitete. Sie lautete: warum denn etwas auf der Welt, warum die Welt sei? Mit Staunen stieß ich darauf, nichts in ihr könne mich nötigen, die Welt zu denken. Ihr Nichtsein wäre mir um keinen Deut fragwürdiger vorgekommen als ihr Sein, welches dem Nichtsein zuzublinzeln schien. Der Mond hatte ein leichtes Spiel mit diesem Sein.

Die Kindheit lag schon beinahe hinter mir, da endlich schien er gewillt, den Anspruch auf die Erde, den er sonst nur bei Nacht erhoben hatte, vor ihrem Tagesantlitz anzumelden. Hoch überm Horizont, groß, aber blaß, stand er am Himmel eines Traumes über den Straßen von Berlin. Es war noch hell. Die meinigen umgaben mich, ein wenig starr, wie auf einer Daguerreotypie. Nur meine Schwester fehlte. „Wo ist Dora?" hörte ich meine Mutter rufen. Der Mond, der voll am

Himmel gestanden hatte, war plötzlich immer schneller angewachsen. Näher und näher kommend, riß er den Planeten auseinander. Das Geländer des eisernen Balkons, auf dem wir alle über der Straße Platz genommen hatten, zerfiel in Stücken, und die Leiber, die ihn bevölkert hatten, bröckelten geschwind nach allen Seiten auseinander. Der Trichter, den der Mond im Kommen bildete, sog alles in sich ein. Nichts konnte hoffen, unverwandelt durch ihn hindurchzugehen. „Wenn es jetzt Schmerz gibt, gibt es keinen Gott", hörte ich mich erkennen, und sammelte zugleich, was ich hinübernehmen wollte. Alles tat ich in einen Vers. Er war mein Abschied. „O Stern und Blume, Geist und Kleid, Lieb, Leid und Zeit und Ewigkeit." Jedoch, indem ich diesen Worten mich anheimzugeben suchte, war ich schon erwacht. Und nun erst schien das Grauen, mit dem eben der Mond mich überzogen hatte, sich auf ewig, trostlos, bei mir einzunisten. Denn dies Erwachen steckte nicht, wie andere, dem Traum sein Ziel, sondern verriet mir, daß es ihm entgangen und das Regiment des Mondes, welches ich als Kind erfahren hatte, für eine weitere Weltzeit gescheitert war.

Schmöker

Aus der Schülerbibliothek bekam ich die liebsten. In den unteren Klassen wurden sie zugeteilt. Der Klassenlehrer sagte meinen Namen, und dann machte das Buch über die Bänke seinen Weg; der eine schob es dem anderen zu, oder es schwankte über die Köpfe hin, bis es bei mir, der sich gemeldet hatte, angekommen war. An seinen Blättern haftete die Spur von Fingern, die sie umgeschlagen hatten. Die Kordel, die den Bund abschloß und oben und unten vorstieß, war verschmutzt. Vor allem aber hatte sich der Rücken viel bieten lassen müssen; daher kam es, daß beide Deckelhälften sich von selbst verschoben und der Schnitt des Bandes Treppchen und Terrassen bildete. An seinen Blättern aber hingen, wie Altweibersommer am Geäst der Bäume, bisweilen schwache Fäden eines Netzes, in das ich einst beim Lesenlernen mich verstrickt hatte.

Das Buch lag auf dem viel zu hohen Tisch. Beim Lesen hielt ich mir die Ohren zu. So lautlos hatte ich doch schon einmal erzählen hören. Den Vater freilich nicht. Manchmal jedoch, im Winter, wenn ich in der warmen Stube am Fenster stand, erzählte das Schneegestöber draußen mir so lautlos. Was es erzählte, hatte ich zwar nie genau erfassen können, denn zu dicht und unablässig drängte zwischen dem Altbekannten Neues sich heran. Kaum hatte ich mich einer Flockenschar inniger angeschlossen, erkannte ich, daß sie mich einer anderen hatte überlassen müssen, die plötzlich in sie eingedrungen war. Nun aber war der Augenblick gekommen, im Gestöber der Lettern den Geschichten nachzugehen, die sich am Fenster mir entzogen hatten. Die fernen Länder, welche mir in ihnen begegneten, spielten vertraulich wie die Flocken umeinander. Und weil die Ferne, wenn es schneit, nicht mehr ins Weite, sondern ins Innere führt, so lagen Babylon und Bagdad, Akko und Alaska, Tromsö und Transvaal in meinem Innern. Die linde Schmökerluft, die sie durchdrang, schmeichelte sie mit Blut und Fährnis so unwiderstehlich meinem Herzen ein, daß es den abgegriffenen Bänden die Treue hielt.

Oder hielt es die Treue älteren, unauffindbaren? Den wundervollen nämlich, die mir nur einmal im Traume wiederzusehen gegeben war? Wie hatten sie geheißen? Ich wußte nichts, als daß es diese längst verschwundenen waren, die ich nie wieder hatte finden können. Nun aber lagen sie in einem Schrank, von dem ich im Erwachen einsehen mußte, daß er mir nie vorher begegnet war. Im Traum schien er mir alt und gut bekannt. Die Bücher standen nicht, sie lagen; und zwar in seiner Wetterecke. In ihnen ging es gewittrig zu. Eins aufzuschlagen, hätte mich mitten in den Schoß geführt, in dem ein wechselnder und trüber Text sich wölkte, der von Farben schwanger war. Es waren brodelnde und flüchtige, immer aber gerieten sie zu einem Violett, das aus dem Innern eines Schlachttiers zu stammen schien. Unnennbar und bedeutungsschwer wie dies verfehmte Violett waren die Titel, deren jeder mir sonderbarer und vertrauter vorkam als der vorige. Doch ehe ich des ersten besten mich versichern konnte, war ich erwacht, ohne auch nur im Traum die alten Knabenbücher noch einmal berührt zu haben.

Das Kunstwerk im Zeitalter seiner technischen Reproduzierbarkeit

[Dritte Fassung]

Die Begründung der schönen Künste und die Einsetzung ihrer verschiedenen Typen geht auf eine Zeit zurück, die sich eingreifend von der unsrigen unterschied, und auf Menschen, deren Macht über die Dinge und die Verhältnisse verschwindend im Vergleich zu der unsrigen war. Der erstaunliche Zuwachs aber, den unsere Mittel in ihrer Anpassungsfähigkeit und ihrer Präzision erfahren haben, stellt uns in naher Zukunft die eingreifendsten Veränderungen in der antiken Industrie des Schönen in Aussicht. In allen Künsten gibt es einen physischen Teil, der nicht länger so betrachtet und so behandelt werden kann wie vordem; er kann sich nicht länger den Einwirkungen der modernen Wissenschaft und der modernen Praxis entziehen. Weder die Materie, noch der Raum, noch die Zeit sind seit zwanzig Jahren, was sie seit jeher gewesen sind. Man muß sich darauf gefaßt machen, daß so große Neuerungen die gesamte Technik der Künste verändern, dadurch die Invention selbst beeinflussen und schließlich vielleicht dazu gelangen werden, den Begriff der Kunst selbst auf die zauberhafteste Art zu verändern.

Vorwort

Als Marx die Analyse der kapitalistischen Produktionsweise unternahm, war diese Produktionsweise in den Anfängen. Marx richtete seine Unternehmungen so ein, daß sie prognostischen Wert bekamen. Er ging auf die Grundverhältnisse der kapitalistischen Produktion zurück und stellte sie so dar, daß sich aus ihnen ergab, was man künftighin dem Kapitalismus noch zutrauen könne. Es ergab sich, daß man ihm nicht nur eine zunehmend verschärfte Ausbeutung der Proletarier zutrauen könne, sondern schließlich auch die Herstellung von Bedingungen, die die Abschaffung seiner selbst möglich machen.

Die Umwälzung des Überbaus, die viel langsamer als die des Unterbaus vor sich geht, hat mehr als ein halbes Jahrhundert gebraucht, um auf allen Kulturgebieten die Veränderung der Produktionsbedingungen zur Geltung zu bringen. In welcher Gestalt das geschah, läßt sich erst heute angeben. An diese Angaben sind gewisse prognostische Anforderungen zu stellen. Es entsprechen diesen Anforderungen aber weniger Thesen über die Kunst des Proletariats nach der Machtergreifung, geschweige die der klassenlosen Gesellschaft, als Thesen über die Entwicklungstendenzen der Kunst unter den gegenwärtigen Produktionsbedingungen. Deren Dialektik macht sich im Überbau nicht weniger bemerkbar als in der Ökonomie. Darum wäre es falsch, den Kampfwert solcher Thesen zu unterschätzen. Sie setzen eine Anzahl überkommener Begriffe – wie Schöpfertum und Genialität, Ewigkeitswert und Geheimnis – beiseite – Begriffe, deren unkontrollierte (und augenblicklich schwer kontrollierbare) Anwendung zur Verarbeitung des Tatsachenmaterials in faschistischem Sinn führt. *Die im folgenden neu in die Kunsttheorie eingeführten Begriffe unterscheiden sich von geläufigeren dadurch, daß sie für die Zwecke des Faschismus vollkommen unbrauchbar sind. Dagegen sind sie zur Formulierung revolutionärer Forderungen in der Kunstpolitik brauchbar.*

I

Das Kunstwerk ist grundsätzlich immer reproduzierbar gewesen. Was Menschen gemacht hatten, das konnte immer von Menschen nachgemacht werden. Solche Nachbildung wurde auch ausgeübt von Schülern zur Übung in der Kunst, von Meistern zur Verbreitung der Werke, endlich von gewinnlüsternen Dritten. Dem gegenüber ist die technische Reproduktion des

Kunstwerkes etwas Neues, das sich in der Geschichte intermittierend, in weit auseinanderliegenden Schüben, aber mit wachsender Intensität durchsetzt. Die Griechen kannten nur zwei Verfahren technischer Reproduktion von Kunstwerken: den Guß und die Prägung. Bronzen, Terrakotten und Münzen waren die einzigen Kunstwerke, die von ihnen massenweise hergestellt werden konnten. Alle übrigen waren einmalig und technisch nicht zu reproduzieren. Mit dem Holzschnitt wurde zum ersten Male die Graphik technisch reproduzierbar; sie war es lange, ehe durch den Druck auch die Schrift es wurde. Die ungeheuren Veränderungen, die der Druck, die technische Reproduzierbarkeit der Schrift, in der Literatur hervorgerufen hat, sind bekannt. Von *der* Erscheinung, die hier in weltgeschichtlichem Maßstab betrachtet wird, sind sie aber nur *ein*, freilich besonders wichtiger Sonderfall. Zum Holzschnitt treten im Laufe des Mittelalters Kupferstich und Radierung, sowie im Anfang des neunzehnten Jahrhunderts die Lithographie.

Mit der Lithographie erreicht die Reproduktionstechnik eine grundsätzlich neue Stufe. Das sehr viel bündigere Verfahren, das die Auftragung der Zeichnung auf einen Stein von ihrer Kerbung in einen Holzblock oder ihrer Ätzung in eine Kupferplatte unterscheidet, gab der Graphik zum ersten Mal die Möglichkeit, ihre Erzeugnisse nicht allein massenweise (wie vordem) sondern in täglich neuen Gestaltungen auf den Markt zu bringen. Die Graphik wurde durch die Lithographie befähigt, den Alltag illustrativ zu begleiten. Sie begann, Schritt mit dem Druck zu halten. In diesem Beginnen wurde sie aber schon wenige Jahrzehnte nach der Erfindung des Steindrucks durch die Photographie überflügelt. Mit der Photographie war die Hand im Prozeß bildlicher Reproduktion zum ersten Mal von den wichtigsten künstlerischen Obliegenheiten entlastet, welche nunmehr dem ins Objektiv blickenden Auge allein zufielen. Da das Auge schneller erfaßt, als die Hand zeichnet, so wurde der Prozeß bildlicher Reproduktion so ungeheuer beschleunigt, daß er mit dem Sprechen Schritt halten konnte. Der Filmoperateur fixiert im Atelier kurbelnd die Bilder mit der gleichen Schnelligkeit, mit der der Darsteller spricht. Wenn in der Lithographie virtuell die illustrierte Zeitung verborgen war, so in der Photographie der Tonfilm. Die technische Reproduktion des Tons wurde am Ende des vorigen Jahrhunderts in Angriff genommen. Diese konvergierenden Bemühungen haben eine Situation absehbar gemacht, die Paul Valery mit dem Satz kennzeichnet: »Wie Wasser, Gas und elektrischer Strom von weither auf einen fast unmerklichen Handgriff hin in unsere Wohnungen kommen, um uns zu bedienen, so werden wir mit Bildern oder mit Tonfolgen versehen werden, die sich, auf einen kleinen Griff, fast ein Zeichen einstellen und uns ebenso wieder verlassen«.

Um neunzehnhundert hatte die technische Reproduktion einen Standard erreicht, auf dem sie nicht nur die Gesamtheit der überkommenen Kunstwerke zu ihrem Objekt zu machen und deren Wirkung den tiefsten Veränderungen zu unterwerfen begann, sondern sich einen eigenen Platz unter den künstlerischen Verfahrungsweisen eroberte. Für das Studium dieses Standards ist nichts aufschlußreicher, als wie seine beiden verschiedenen Manifestationen – Reproduktion des Kunstwerks und Filmkunst – auf die Kunst in ihrer überkommenen Gestalt zurückwirken.

II

Noch bei der höchstvollendeten Reproduktion fällt *eines* aus: das Hier und Jetzt des Kunstwerks – sein einmaliges Dasein an dem Orte, an dem es sich befindet. An diesem einmaligen Dasein aber und an nichts sonst vollzog sich die Geschichte, der es im Laufe seines Bestehens unterworfen gewesen ist. Dahin rechnen sowohl die Veränderungen, die es im Laufe der Zeit in seiner physischen Struktur erlitten hat, wie die wechselnden Besitzverhältnisse, in die es eingetreten sein mag. Die Spur der ersteren ist nur durch Analysen chemischer oder physikalischer Art zu fördern, die sich an der Reproduktion nicht vollziehen lassen; die der zweiten ist Gegenstand einer Tradition, deren Verfolgung von dem Standort des Originals ausgehen muß.

Das Hier und Jetzt des Originals macht den Begriff seiner Echtheit aus. Analysen chemischer Art an der Patina einer Bronze können der Feststellung ihrer Echtheit förderlich sein; entsprechend kann der Nachweis, daß eine bestimmte Handschrift des Mittelalters aus einem Archiv des fünfzehnten Jahrhunderts stammt, der Feststellung ihrer Echtheit förderlich sein. Der gesamte Bereich *der Echtheit entzieht sich der technischen und natürlich nicht nur der technischen – Reproduzierbarkeit.* Während das Echte aber der manuellen Reproduktion gegenüber, die von ihm im Regelfalle als Fälschung abgestempelt wurde, seine volle Autorität bewahrt, ist das der technischen Reproduktion gegenüber nicht der Fall. Der Grund ist ein doppelter. Erstens erweist sich die technische Reproduktion dem Original gegenüber selbständiger als die manuelle. Sie kann, beispielsweise, in der Photographie Ansichten des Originals hervorheben, die nur der verstellbaren und ihren Blickpunkt willkürlich wählenden Linse, nicht aber dem menschlichen Auge zugänglich sind, oder mit Hilfe gewisser Verfahren wie der Vergrößerung oder der Zeitlupe Bilder festhalten, die sich der natürlichen Optik schlechtweg entziehen. Das ist das Erste. Sie kann zudem zweitens das Abbild des Originals in Situationen bringen, die dem Original selbst nicht erreichbar sind. Vor allem macht sie ihm möglich, dem Aufnehmenden entgegenzukommen, sei es in Gestalt der Photographie, sei es in der der Schallplatte. Die Kathedrale verläßt ihren Platz, um in dem Studio eines Kunstfreundes Aufnahme zu finden; das Chorwerk, das in einem Saal oder unter freiem Himmel exekutiert wurde, läßt sich in einem Zimmer vernehmen.

Die Umstände, in die das Produkt der technischen Reproduktion des Kunstwerks gebracht werden kann, mögen im übrigen den Bestand des Kunstwerks unangetastet lassen – sie entwerten auf alle Fälle sein Hier und Jetzt. Wenn das auch keineswegs vom Kunstwerk allein gilt sondern entsprechend z. B. von einer Landschaft, die im Film am Beschauer vorbeizieht, so wird durch diesen Vorgang am Gegenstande der Kunst ein empfindlichster Kern berührt, den so verletzbar kein natürlicher hat. Das ist seine Echtheit. Die Echtheit einer Sache ist der Inbegriff alles von Ursprung her an ihr Tradierbaren, von ihrer materiellen Dauer bis zu ihrer geschichtlichen Zeugenschaft. Da die letztere auf der ersteren fundiert ist, so gerät in der Reproduktion, wo die erstere sich dem Menschen entzogen hat, auch die letztere: die geschichtliche Zeugenschaft der Sache ins Wanken. Freilich nur diese; was aber dergestalt ins Wanken gerät, das ist die Autorität der Sache.

Man kann, was hier ausfällt, im Begriff der Aura zusammenfassen und sagen: was im Zeitalter der technischen Reproduzierbarkeit des Kunstwerks verkümmert, das ist seine Aura. Der Vorgang ist symptomatisch; seine Bedeutung weist über den Bereich der Kunst hinaus.*Die Reproduktionstechnik, so ließe sich allgemein formulieren, löst das Reproduzierte aus dem Bereich der Tradition ab. Indem sie die Reproduktion vervielfältigt, setzt sie an die Stelle seines einmaligen Vorkommens sein massenweises. Und indem sie der Reproduktion erlaubt, dem Aufnehmenden in seiner jeweiligen Situation entgegenzukommen, aktualisiert sie das Reproduzierte.* Diese beiden Prozesse führen zu einer gewaltigen Erschütterung des Tradierten – einer Erschütterung der Tradition, die die Kehrseite der gegenwärtigen Krise und Erneuerung der Menschheit ist. Sie stehen im engsten Zusammenhang mit den Massenbewegungen unserer Tage. Ihr machtvollster Agent ist der Film. Seine gesellschaftliche Bedeutung ist auch in ihrer positivsten Gestalt, und gerade in ihr, nicht ohne diese seine destruktive, seine kathartische Seite denkbar: die Liquidierung des Traditionswertes am Kulturerbe. Diese Erscheinung ist an den großen historischen Filmen am handgreiflichsten. Sie bezieht immer weitere Positionen in ihr Bereich ein. Und wenn Abel Gance 1927 enthusiastisch ausrief: »Shakespeare, Rembrandt, Beethoven werden filmen … Alle Legenden, alle Mythologien und alle Mythen, alle Religionsstifter, ja alle Religionen … warten auf ihre belichtete Auferstehung, und die Heroen drängen sich an den Pforten« so hat er, ohne es wohl zu meinen, zu einer umfassenden Liquidation eingeladen.

III

Innerhalb großer geschichtlicher Zeiträume verändert sich mit der gesamten Daseinsweise der menschlichen Kollektiva auch die Art und Weise ihrer Sinneswahrnehmung. Die Art und Weise, in der die menschliche Sinneswahrnehmung sich organisiert – dass Medium, in dem sie erfolgt – ist nicht nur natürlich sondern auch geschichtlich bedingt. Die Zeit der Völkerwanderung, in der die spätrömische Kunstindustrie und die Wiener Genesis entstanden, hatte nicht nur eine andere Kunst als die Antike sondern auch eine andere Wahrnehmung. Die Gelehrten der Wiener Schule, Riegl und Wickhoff, die sich gegen das Gewicht der klassischen Überlieferung stemmten, unter dem jene Kunst begraben gelegen hatte, sind als erste auf den Gedanken gekommen, aus ihr Schlüsse auf die Organisation der Wahrnehmung in der Zeit zu tun, in der sie in Geltung stand. So weittragend ihre Erkenntnisse waren, so hatten sie ihre Grenze darin, daß sich diese Forscher begnügten, die formale Signatur aufzuweisen, die der Wahrnehmung in der spätrömischen Zeit eigen war. Sie haben nicht versucht – und konnten vielleicht auch nicht hoffen –, die gesellschaftlichen Umwälzungen zu zeigen, die in diesen Veränderungen der Wahrnehmung ihren Ausdruck fanden. Für die Gegenwart liegen die Bedingungen einer entsprechenden Einsicht günstiger. Und wenn Veränderungen im Medium der Wahrnehmung, deren Zeitgenossen wir sind, sich als Verfall der Aura begreifen lassen, so kann man dessen gesellschaftliche Bedingungen aufzeigen.

Es empfiehlt sich, den oben für geschichtliche Gegenstände vorgeschlagenen Begriff der Aura an dem Begriff einer Aura von natürlichen Gegenständen zu illustrieren. Diese letztere definieren wir als einmalige Erscheinung einer Ferne, so nah sie sein mag. An einem Sommernachmittag ruhend einem Gebirgszug am Horizont oder einem Zweig folgen, der seinen Schatten auf den Ruhenden wirft – das heißt die Aura dieser Berge, dieses Zweiges atmen. An der Hand dieser Beschreibung ist es ein Leichtes, die gesellschaftliche Bedingtheit des gegenwärtigen Verfalls der Aura einzusehen. Er beruht auf zwei Umständen, die beide mit der zunehmenden Bedeutung der Massen im heutigen Leben zusammenhängen. Nämlich: *Die Dinge sich räumlich und menschlich »näherzubringen« ist ein genau so leidenschaftliches Anliegen der gegenwärtigen Massen wie es ihre Tendenz einer Überwindung des Einmaligen jeder Gegebenheit durch die Aufnahme von deren Reproduktion ist.* Tagtäglich macht sich unabweisbarer das Bedürfnis geltend, des Gegenstands aus nächster Nähe im Bild, vielmehr im Abbild, in der Reproduktion, habhaft zu werden. Und unverkennbar unterscheidet sich die Reproduktion, wie illustrierte Zeitung und Wochenschau sie in Bereitschaft halten, vom Bilde. Einmaligkeit und Dauer sind in diesem so eng verschränkt wie Flüchtigkeit und Wiederholbarkeit in jener. Die Entschälung des Gegenstandes aus seiner Hülle, die Zertrümmerung der Aura, ist die Signatur einer Wahrnehmung, deren »Sinn für das Gleichartige in der Welt« so gewachsen ist, daß sie es mittels der Reproduktion auch dem Einmaligen abgewinnt. So bekundet sich im anschaulichen Bereich was sich im Bereich der Theorie als die zunehmende Bedeutung der Statistik bemerkbar macht. Die Ausrichtung der Realität auf die Massen und der Massen auf sie ist ein Vorgang von unbegrenzter Tragweite sowohl für das Denken wie für die Anschauung.

36

IV

Die Einzigkeit des Kunstwerks ist identisch mit seinem Eingebettetsein in den Zusammenhang der Tradition. Diese Tradition selber ist freilich etwas durchaus Lebendiges, etwas außerordentlich Wandelbares. Eine antike Venusstatue z. B. stand in einem anderen Traditionszusammenhange bei den Griechen, die sie zum Gegenstand des Kultus machten, als bei den mittelalterlichen Klerikern, die einen unheilvollen Abgott in ihr erblickten. Was aber beiden in gleicher Weise entgegentrat, war ihre Einzigkeit, mit einem anderen Wort: ihre Aura. Die ursprüngliche Art der Einbettung des Kunstwerks in den Traditionszusammenhang fand ihren Ausdruck im Kult. Die ältesten Kunstwerke sind, wie wir wissen, im Dienst eines Rituals entstanden, zuerst eines magischen, dann eines religiösen. Es ist nun von entscheidender Bedeutung, daß diese auratische Daseinsweise des Kunstwerks niemals durchaus von seiner Ritualfunktion sich löst. Mit anderen Worten: *Der einzigartige Wert des »echten« Kunstwerks hat seine Fundierung im Ritual, in dem es seinen originären und ersten Gebrauchswert hatte.* Diese mag so vermittelt sein wie sie will, sie ist auch noch in den profansten Formen des Schönheitsdienstes als säkularisiertes Ritual erkennbar. Der profane Schönheitsdienst, der sich mit der Renaissance herausbildet, um für drei Jahrhunderte in Geltung zu bleiben, läßt nach Ablauf dieser Frist bei der ersten schweren Erschütterung, von der er betroffen wurde, jene Fundamente deutlich erkennen. Als nämlich mit dem Aufkommen des ersten wirklich revolutionären Reproduktionsmittels, der Photographie (gleichzeitig mit dem Anbruch des Sozialismus) die Kunst das Nahen der Krise spürt, die nach weiteren hundert Jahren unverkennbar geworden ist, reagierte sie mit der Lehre vom l'art pour l'art die eine Theologie der Kunst ist. Aus ihr ist dann weiterhin geradezu eine negative Theologie in Gestalt der Idee einer »reinen« Kunst hervorgegangen, die nicht nur jede soziale Funktion sondern auch jede Bestimmung durch einen gegenständlichen Vorwurf ablehnt. (In der Dichtung hat Mallarmé als erster diesen Standort erreicht.)

Diese Zusammenhänge zu ihrem Recht kommen zu lassen, ist unerläßlich für eine Betrachtung, die es mit dem Kunstwerk im Zeitalter seiner technischen Reproduzierbarkeit zu tun hat. Denn sie bereiten die Erkenntnis, die hier entscheidend ist, vor: die technische Reproduzierbarkeit des Kunstwerks emanzipiert dieses zum ersten Mal in der Weltgeschichte von seinem parasitären Dasein am Ritual. Das reproduzierte Kunstwerk wird in immer steigendem Maße die Reproduktion eines auf Reproduzierbarkeit angelegten Kunstwerks. Von der photographischen Platte z. B. ist eine Vielheit von Abzügen möglich; die Frage nach dem echten Abzug hat keinen Sinn. *In dem Augenblick aber, da der Maßstab der Echtheit an der Kunstproduktion versagt, hat sich auch die gesamte soziale Funktion der Kunst umgewälzt. An die Stelle ihrer Fundierung aufs Ritual tritt ihre Fundierung auf eine andere Praxis: nämlich ihre Fundierung auf Politik.*

V

Die Rezeption von Kunstwerken erfolgt mit verschiedenen Akzenten, unter denen sich zwei polare herausheben. Der eine dieser Akzente liegt auf dem Kultwert, der andere auf dem Ausstellungswert des Kunstwerkes. Die künstlerische Produktion beginnt mit Gebilden, die im Dienste des Kults stehen. Von diesen Gebilden ist, wie man annehmen darf, wichtiger, daß sie vorhanden sind als daß sie gesehen werden. Das Elentier, das der Mensch der Steinzeit an den Wänden seiner Höhle abbildet, ist ein Zauberinstrument. Er stellt es zwar vor seinen Mitmenschen aus; vor allem aber ist es Geistern zugedacht. Der Kultwert als solcher scheint heute geradezu daraufhinzudrängen, das Kunstwerk im Verborgenen zu halten: gewisse

Götterstatuen sind nur dem Priester in der cella zugänglich, gewisse Madonnenbilder bleiben fast das ganze Jahr über verhangen, gewisse Skulpturen an mittelalterlichen Domen sind für den Betrachter zu ebener Erde nicht sichtbar. *Mit der Emanzipation der einzelnen Kunstübungen aus dem Schoße des Rituals wachsen die Gelegenheiten zur Ausstellung ihrer Produkte.* Die Ausstellbarkeit einer Portraitbüste, die dahin und dorthin verschickt werden kann, ist größer als die einer Götterstatue, die ihren festen Ort im Innern des Tempels hat. Die Ausstellbarkeit des Tafelbildes ist größer als die des Mosaiks oder Freskos, die ihm vorangingen. Und wenn die Ausstellbarkeit einer Messe von Hause aus vielleicht nicht geringer war als die einer Symphonie, so entstand doch die Symphonie in dem Zeitpunkt, als ihre Ausstellbarkeit größer zu werden versprach als die der Messe.

Mit den verschiedenen Methoden technischer Reproduktion des Kunstwerks ist dessen Ausstellbarkeit in so gewaltigem Maß gewachsen, daß die quantitative Verschiebung zwischen seinen beiden Polen ähnlich wie in der Urzeit in eine qualitative Veränderung seiner Natur umschlägt. Wie nämlich in der Urzeit das Kunstwerk durch das absolute Gewicht, das auf seinem Kultwert lag, in erster Linie zu einem Instrument der Magie wurde, das man als Kunstwerk gewissermaßen erst später erkannte, so wird heute das Kunstwerk durch das absolute Gewicht, das auf seinem Ausstellungswert liegt, zu einem Gebilde mit ganz neuen Funktionen, von denen die uns bewußte, die künstlerische, als diejenige sich abhebt, die man später als eine beiläufige erkennen mag. So viel ist sicher, daß gegenwärtig die Photographie und weiter der Film die brauchbarsten Handhaben zu dieser Erkenntnis geben.

VI

In der Photographie beginnt der Ausstellungswert den Kultwert auf der ganzen Linie zurückzudrängen. Dieser weicht aber nicht widerstandslos. Er bezieht eine letzte Verschanzung, und die ist das Menschenantlitz. Keineswegs zufällig steht das Portrait im Mittelpunkt der frühen Photographie. Im Kult der Erinnerung an die fernen oder die abgestorbenen Lieben hat der Kultwert des Bildes die letzte Zuflucht. Im flüchtigen Ausdruck eines Menschengesichts winkt aus den frühen Photographien die Aura zum letzten Mal. Das ist es, was deren schwermutvolle und mit nichts zu vergleichende Schönheit ausmacht. Wo aber der Mensch aus der Photographie sich zurückzieht, da tritt erstmals der Ausstellungswert dem Kultwert überlegen entgegen. Diesem Vorgang seine Stätte gegeben zu haben, ist die unvergleichliche Bedeutung von Atget, der die Pariser Straßen um neunzehnhundert in menschenleeren Aspekten festhielt. Sehr mit Recht hat man von ihm gesagt, daß er sie aufnahm wie einen Tatort. Auch der Tatort ist menschenleer. Seine Aufnahme erfolgt der Indizien wegen. Die photographischen Aufnahmen beginnen bei Atget, Beweisstücke im historischen Prozeß zu werden. Das macht ihre verborgene politische Bedeutung aus. Sie fordern schon eine Rezeption in bestimmtem Sinne. Ihnen ist die freischwebende Kontemplation nicht mehr angemessen. Sie beunruhigen den Betrachter; er fühlt: zu ihnen muß er einen bestimmten Weg suchen. Wegweiser beginnen ihm gleichzeitig die illustrierten Zeitungen aufzustellen. Richtige oder falsche gleichviel. In ihnen ist die Beschriftung zum ersten Mal obligat geworden. Und es ist klar, daß sie einen ganz anderen Charakter hat als der Titel eines Gemäldes. Die Direktiven, die der Betrachter von Bildern in der illustrierten Zeitschrift durch die Beschriftung erhält, werden bald darauf noch präziser und gebieterischer im Film, wo die Auffassung von jedem einzelnen Bild durch die Folge aller vorangegangenen vorgeschrieben erscheint.

38

VII

Der Streit, der im Verlauf des neunzehnten Jahrhunderts zwischen der Malerei und der Photographie um den Kunstwert ihrer Produkte durchgefochten wurde, wirkt heute abwegig und verworren. Das spricht aber nicht gegen seine Bedeutung, könnte sie vielmehr eher unterstreichen. In der Tat war dieser Streit der Ausdruck einer weltgeschichtlichen Umwälzung, die als solche keinem der beiden Partner bewußt war. Indem das Zeitalter ihrer technischen Reproduzierbarkeit die Kunst von ihrem kultischen Fundament löste, erlosch auf immer der Schein ihrer Autonomie. Die Funktionsveränderung der Kunst aber, die damit gegeben war, fiel aus dem Blickfeld des Jahrhunderts heraus. Und auch dem zwanzigsten, das die Entwicklung des Films erlebte, entging sie lange.

Hatte man vordem vielen vergeblichen Scharfsinn an die Entscheidung der Frage gewandt, ob die Photographie eine Kunst sei – ohne die Vorfrage sich gestellt zu haben: ob nicht durch die Erfindung der Photographie der Gesamtcharakter der Kunst sich verändert habe – so übernahmen die Filmtheoretiker bald die entsprechende voreilige Fragestellung. Aber die Schwierigkeiten, welche die Photographie der überkommenen Ästhetik bereitet hatte, waren ein Kinderspiel gegen die, mit denen der Film sie erwartete. Daher die blinde Gewaltsamkeit, die die Anfänge der Filmtheorie kennzeichnet. So vergleicht Abel Gance z. B. den Film mit den Hieroglyphen: »Da sind wir denn, infolge einer höchst merkwürdigen Rückkehr ins Dagewesene, wieder auf der Ausdrucksebene der Ägypter angelangt ... Die Bildersprache ist noch nicht zur Reife gediehen, weil unsere Augen ihr noch nicht gewachsen sind. Noch gibt es nicht genug Achtung, nicht genug *Kult* für das was sich in ihr ausspricht.« Oder Séverin-Mars schreibt: »Welcher Kunst war ein Traum beschieden, der ... poetischer und realer zugleich gewesen wäre! Von solchem Standpunkt betrachtet würde der Film ein ganz unvergleichliches Ausdrucksmittel darstellen, und es dürften in seiner Atmosphäre sich nur Personen adligster Denkungsart in den vollendetsten und geheimnisvollsten Augenblicken ihrer Lebensbahn bewegen.«[14] Alexandre Amoux seinerseits beschließt eine Phantasie über den stummen Film geradezu mit der Frage: »Sollten nicht all die gewagten Beschreibungen, deren wir uns hiermit bedient haben, auf die Definition des Gebets hinauslaufen?«[15] Es ist sehr lehrreich zu sehen, wie das Bestreben, den Film der »Kunst« zuzuschlagen, diese Theoretiker nötigt, mit einer Rücksichtslosigkeit ohnegleichen kultische Elemente in ihn hineinzuinterpretieren. Und doch waren zu der Zeit, da diese Spekulationen veröffentlicht wurden, schon Werke vorhanden wie »L'Opinion publique« und »La ruée vers l'or«. Das hindert Abel Gance nicht, den Vergleich mit den Hieroglyphen heranzuziehen, und Séverin-Mars spricht vom Film wie man von Bildern des Fra Angelico sprechen könnte. Kennzeichnend ist, daß auch heute noch besonders reaktionäre Autoren die Bedeutung des Films in der gleichen Richtung suchen und wenn nicht geradezu im Sakralen so doch im Übernatürlichen. Anläßlich der Reinhardtschen Verfilmung des Sommernachtstraums stellt Werfel fest, daß es unzweifelhaft die sterile Kopie der Außenwelt mit ihren Straßen, Interieurs, Bahnhöfen, Restaurants, Autos und Strandplätzen sei, die bisher dem Aufschwung des Films in das Reich der Kunst im Wege gestanden hätte. »Der Film hat seinen wahren Sinn, seine wirklichen Möglichkeiten noch nicht erfaßt ... Sie bestehen in seinem einzigartigen Vermögen, mit natürlichen Mitteln und mit unvergleichlicher Überzeugungskraft das Feenhafte, Wunderbare, Übernatürliche zum Ausdruck zu bringen.«

Definitiv wird die Kunstleistung des Bühnenschauspielers dem Publikum durch diesen selbst in eigener Person präsentiert; dagegen wird die Kunstleistung des Filmdarstellers dem Publikum durch eine Apparatur präsentiert. Das letztere hat zweierlei zur Folge. Die Apparatur, die die

Leistung des Filmdarstellers vor das Publikum bringt, ist nicht gehalten, diese Leistung als Totalität zu respektieren. Sie nimmt unter Führung des Kameramannes laufend zu dieser Leistung Stellung. Die Folge von Stellungnahmen, die der Cutter aus dem ihm abgelieferten Material komponiert, bildet den fertig montierten Film. Er umfaßt eine gewisse Anzahl von Bewegungsmomenten, die als solche der Kamera erkannt werden müssen – von Spezialeinstellungen wie Großaufnahmen zu schweigen. So wird die Leistung des Darstellers einer Reihe von optischen Tests unterworfen. Dies ist die erste Folge des Umstands, daß die Leistung des Filmdarstellers durch die Apparatur vorgeführt wird. Die zweite Folge beruht darauf, daß der Filmdarsteller, da er nicht selbst seine Leistung dem Publikum präsentiert, die dem Bühnenschauspieler vorbehaltene Möglichkeit einbüßt, die Leistung während der Darbietung dem Publikum anzupassen. Dieses kommt dadurch in die Haltung eines durch keinerlei persönlichen Kontakt mit dem Darsteller gestörten Begutachters. *Das Publikum fühlt sich in den Darsteller nur ein, indem es sich in den Apparat einfühlt. Es übernimmt also dessen Haltung: es testet.* Das ist keine Haltung, der Kultwerte ausgesetzt werden können.

IX

Dem Film kommt es viel weniger darauf an, daß der Darsteller dem Publikum einen anderen, als daß er der Apparatur sich selbst darstellt. Einer der ersten, der diese Umänderung des Darstellers durch die Testleistung gespürt hat, ist Pirandello gewesen. Es beeinträchtigt die Bemerkungen, die er in seinem Roman »Es wird gefilmt« darüber macht, nur wenig, daß sie sich darauf beschränken, die negative Seite der Sache hervorzuheben. Noch weniger, daß sie an den stummen Film anschließen. Denn der Tonfilm hat an dieser Sache nichts Grundsätzliches geändert. Entscheidend bleibt, daß für eine Apparatur oder, im Fall des Tonfilms, für zwei – gespielt wird. »Der Filmdarsteller«, schreibt Pirandello, »fühlt sich wie im Exil. Exiliert nicht nur von der Bühne, sondern von seiner eigenen Person. Mit einem dunklen Unbehagen spürt er die unerklärliche Leere, die dadurch entsteht, daß sein Körper zur Ausfallserscheinung wird, daß er sich verflüchtigt und seiner Realität, seines Lebens, seiner Stimme und der Geräusche, die er verursacht, indem er sich rührt, beraubt wird, um sich in ein stummes Bild zu verwandeln, das einen Augenblick auf der Leinwand zittert und sodann in der Stille verschwindet ... Die kleine Apparatur wird mit seinem Schatten vor dem Publikum spielen; und er selbst muß sich begnügen, vor ihr zu spielen.« Man kann den gleichen Tatbestand folgendermaßen kennzeichnen: zum ersten Mal – und das ist das Werk des Films – kommt der Mensch in die Lage, zwar mit seiner gesamten lebendigen Person aber unter Verzicht auf deren Aura wirken zu müssen. Denn die Aura ist an sein Hier und Jetzt gebunden. Es gibt kein Abbild von ihr. Die Aura, die auf der Bühne um Macbeth ist, kann von der nicht abgelöst werden, die für das lebendige Publikum um den Schauspieler ist, welcher ihn spielt. Das Eigentümliche der Aufnahme im Filmatelier aber besteht darin, daß sie an die Stelle des Publikums die Apparatur setzt. So muß die Aura, die um den Darstellenden ist, fortfallen – und damit zugleich die um den Dargestellten.

Daß gerade ein Dramatiker, wie Pirandello, in der Charakteristik des Films unwillkürlich den Grund der Krise berührt, von der wir das Theater befallen sehen, ist nicht erstaunlich. Zu dem restlos von der technischen Reproduktion erfaßten, ja wie der Film – aus ihr hervorgehenden Kunstwerk gibt es in der Tat keinen entschiedeneren Gegensatz als das der Schaubühne. Jede eingehendere Betrachtung bestätigt dies. Sachkundige Beobachter haben längst erkannt, daß in der Filmdarstellung »die größten Wirkungen fast immer erzielt werden, indem man so wenig wie möglich ›spielt‹ ... Die letzte Entwicklung« sieht Arnheim 1932 darin, »den Schauspieler wie ein Requisit zu behandeln, das man charakteristisch auswählt und ... an der richtigen Stelle

40

einsetzt.« Damit hängt aufs Engste etwas anderes zusammen. *Der Schauspieler, der auf der Bühne agiert, versetzt sich in eine Rolle. Dem Filmdarsteller ist das sehr oft versagt.* Seine Leistung ist durchaus keine einheitliche, sondern aus vielen einzelnen Leistungen zusammengestellt. Neben zufälligen Rücksichten auf: Ateliermiete, Verfügbarkeit von Partnern, Dekor usw., sind es elementare Notwendigkeiten der Maschinerie, die das Spiel des Darstellers in eine Reihe montierbarer Episoden zerfällen. Es handelt sich vor allem um die Beleuchtung, deren Installation die Darstellung eines Vorgangs, der auf der Leinwand als einheitlicher geschwinder Ablauf erscheint, in einer Reihe einzelner Aufnahmen zu bewältigen zwingt, die sich im Atelier unter Umständen über Stunden verteilen. Von handgreiflicheren Montagen zu schweigen. So kann ein Sprung aus dem Fenster im Atelier in Gestalt eines Sprungs vom Gerüst gedreht werden, die sich anschließende Flucht aber gegebenenfalls wochenlang später bei einer Außenaufnahme. Im übrigen ist es ein Leichtes, noch weit paradoxere Fälle zu konstruieren. Es kann, nach einem Klopfen gegen die Tür, vom Darsteller gefordert werden, daß er zusammenschrickt. Vielleicht ist dieses Zusammenfahren nicht wunschgemäß ausgefallen. Da kann der Regisseur zu der Auskunft greifen, gelegentlich, wenn der Darsteller wieder einmal im Atelier ist, ohne dessen Vorwissen in seinem Rücken einen Schuß abfeuern zu lassen. Das Erschrecken des Darstellers in diesem Augenblick kann aufgenommen und in den Film montiert werden. Nichts zeigt drastischer, daß die Kunst aus dem Reich des »schönen Scheins« entwichen ist, das solange als das einzige galt, in dem sie gedeihen könne.

X

Das Befremden des Darstellers vor der Apparatur, wie Pirandello es schildert, ist von Haus aus von der gleichen Art wie das Befremden des Menschen vor seiner Erscheinung im Spiegel. Nun aber ist das Spiegelbild von ihm ablösbar, es ist transportabel geworden. Und wohin wird es transportiert? Vor das Publikum. Das Bewußtsein davon verläßt den Filmdarsteller nicht einen Augenblick. *Der Filmdarsteller weiß, während er vor der Apparatur steht, hat er es in letzter Instanz mit dem Publikum zu tun: dem Publikum der Abnehmer, die den Markt bilden.* Dieser Markt, auf den er sich nicht nur mit seiner Arbeitskraft, sondern mit Haut und Haaren, mit Herz und Nieren begibt, ist ihm im Augenblick seiner für ihn bestimmten Leistung ebensowenig greifbar, wie irgendeinem Artikel, der in einer Fabrik gemacht wird. Sollte dieser Umstand nicht seinen Anteil an der Beklemmung, der neuen Angst haben, die, nach Pirandello, den Darsteller vor der Apparatur befällt? Der Film antwortet auf das Einschrumpfen der Aura mit einem künstlichen Aufbau der »personality« außerhalb des Ateliers. Der vom Filmkapital geförderte Starkultus konserviert jenen Zauber der Persönlichkeit, der schon längst nur noch im fauligen Zauber ihres Warencharakters besteht. Solange das Filmkapital den Ton angibt, läßt sich dem heutigen Film im allgemeinen kein anderes revolutionäres Verdienst zuschreiben, als eine revolutionäre Kritik der überkommenen Vorstellungen von Kunst zu befördern. Wir bestreiten nicht, daß der heutige Film in besonderen Fällen darüber hinaus eine revolutionäre Kritik an den gesellschaftlichen Verhältnissen, ja an der Eigentumsordnung befördern kann. Aber darauf liegt der Schwerpunkt der gegenwärtigen Untersuchung ebenso wenig wie der Schwerpunkt der westeuropäischen Filmproduktion darauf liegt.

Es hängt mit der Technik des Films genau wie mit der des Sports zusammen, daß jeder den Leistungen, die sie ausstellen, als halber Fachmann beiwohnt. Man braucht nur einmal eine Gruppe von Zeitungsjungen, auf ihre Fahrräder gestützt, die Ergebnisse eines Radrennens diskutieren gehört zu haben, um sich das Verständnis dieses Tatbestandes zu eröffnen. Nicht umsonst veranstalten Zeitungsverleger Wettfahrten ihrer Zeitungsjungen. Diese erwecken großes Interesse unter den Teilnehmern. Denn der Sieger in diesen Veranstaltungen hat eine

Chance, vom Zeitungsjungen zum Rennfahrer aufzusteigen. So gibt zum Beispiel die Wochenschau jedem eine Chance, vom Zeitungsjungen zum Rennfahrer aufzusteigen. So gibt zum Beispiel die Wochenschau jedem eine Chance, vom Passanten zum Filmstatisten aufzusteigen. Er kann sich dergestalt unter Umständen sogar in ein Kunstwerk – man denke an Wertoffs »Drei Lieder um Lenin« oder Ivens »Borinage« – versetzt sehen. *Jeder heutige Mensch kann einen Anspruch vorbringen, gefilmt zu werden.* Diesen Anspruch verdeutlicht am besten ein Blick auf die geschichtliche Situation des heutigen Schrifttums.

Jahrhunderte lang lagen im Schrifttum die Dinge so, daß einer geringen Zahl von Schreibenden eine vieltausendfache Zahl von Lesenden gegenüberstand. Darin trat gegen Ende des vorigen Jahrhunderts ein Wandel ein. Mit der wachsenden Ausdehnung der Presse, die immer neue politische, religiöse, wissenschaftliche, berufliche, lokale Organe der Leserschaft zur Verfügung stellte, gerieten immer größere Teile der Leserschaft – zunächst fallweise – unter die Schreibenden. Es begann damit, daß die Tagespresse ihnen ihren »Briefkasten« eröffnete, und es liegt heute so, daß es kaum einen im Arbeitsprozeß stehenden Europäer gibt, der nicht grundsätzlich irgendwo Gelegenheit zur Publikation einer Arbeitserfahrung, einer Beschwerde, einer Reportage oder dergleichen finden könnte. Damit ist die Unterscheidung zwischen Autor und Publikum im Begriff, ihren grundsätzlichen Charakter zu verlieren. Sie wird eine funktionelle, von Fall zu Fall so oder anders verlaufende. Der Lesende ist jederzeit bereit, ein Schreibender zu werden. Als Sachverständiger, der er wohl oder übel in einem äußerst spezialisierten Arbeitsprozeß werden mußte – sei es auch nur als Sachverständiger einer geringen Verrichtung –, gewinnt er einen Zugang zur Autorschaft. In der Sovjetunion kommt die Arbeit selbst zu Wort. Und ihre Darstellung im Wort macht einen Teil des Könnens, das zu ihrer Ausübung erforderlich ist. Die literarische Befugnis wird nicht mehr in der spezialisierten, sondern in der polytechnischen Ausbildung begründet, und so Gemeingut. Alles das läßt sich ohne weiteres auf den Film übertragen, wo Verschiebungen, die im Schrifttum Jahrhunderte in Anspruch genommen haben, sich im Laufe eines Jahrzehnts vollzogen. Denn in der Praxis des Films – vor allem der russischen – ist diese Verschiebung stellenweise bereits verwirklicht worden. Ein Teil der im russischen Film begegnenden Darsteller sind nicht Darsteller in unserem Sinn, sondern Leute, die sich – und zwar in erster Linie in ihrem Arbeitsprozeß darstellen. In Westeuropa verbietet die kapitalistische Ausbeutung des Films dem legitimen Anspruch, den der heutige Mensch auf sein Reproduziertwerden hat, die Berücksichtigung. Unter diesen Umständen hat die Filmindustrie alles Interesse, die Anteilnahme der Massen durch illusionäre Vorstellungen und durch zweideutige Spekulationen zu stacheln.

XI

Eine Film- und besonders eine Tonfilmaufnahme bietet einen Anblick, wie er vorher nie und nirgends denkbar gewesen ist. Sie stellt einen Vorgang dar, dem kein einziger Standpunkt mehr zuzuordnen ist, von dem aus die zu dem Spielvorgang als solchen nicht zugehörige Aufnahmeapparatur, die Beleuchtungsmaschinerie, der Assistentenstab usw. nicht in das Blickfeld des Beschauers fiele. (Es sei denn, die Einstellung seiner Pupille stimme mit der des Aufnahmeapparats überein.) Dieser Umstand, er mehr als jeder andere, macht die etwa bestehenden Ähnlichkeiten zwischen einer Szene im Filmatelier und auf der Bühne zu oberflächlichen und belanglosen. Das Theater kennt prinzipiell die Stelle, von der aus das Geschehen nicht ohne weiteres als illusionär zu durchschauen ist. Der Aufnahmeszene im Film gegenüber gibt es diese Stelle nicht. Dessen illusionäre Natur ist eine Natur zweiten Grades; sie ist ein Ergebnis des Schnitts. Das heißt:*Im Filmatelier ist die Apparatur derart tief in die Wirklichkeit eingedrungen, daß deren reiner, vom Fremdkörper der Apparatur freier Aspekt das*

42

Ergebnis einer besonderen Prozedur, nämlich der Aufnahme durch den eigens eingestellten photographischen Apparat und ihrer Montierung mit anderen Aufnahmen von der gleichen Art ist. Der apparatfreie Aspekt der Realität ist hier zu ihrem künstlichsten geworden und der Anblick der unmittelbaren Wirklichkeit zur blauen Blume im Land der Technik.

Der gleiche Sachverhalt, der sich so gegen den des Theaters abhebt, läßt sich noch aufschlußreicher mit dem konfrontieren, der in der Malerei vorliegt. Hier haben wir die Frage zu stellen: wie verhält sich der Operateur zum Maler? Zu ihrer Beantwortung sei eine Hilfskonstruktion gestattet, die sich auf *den* Begriff des Operateurs stützt, welcher von der Chirurgie her geläufig ist. Der Chirurg stellt den einen Pol einer Ordnung dar, an deren anderm der Magier steht. Die Haltung des Magiers, der einen Kranken durch Auflegen der Hand heilt, ist verschieden von der des Chirurgen, der einen Eingriff in den Kranken vornimmt. Der Magier erhält die natürliche Distanz zwischen sich und dem Behandelten aufrecht; genauer gesagt: er vermindert sie – kraft seiner aufgelegten Hand – nur wenig und steigert sie – kraft seiner Autorität – sehr. Der Chirurg verfährt umgekehrt: er vermindert die Distanz zu dem Behandelten sehr – indem er in dessen Inneres dringt – und er vermehrt sie nur wenig – durch die Behutsamkeit, mit der seine Hand sich unter den Organen bewegt. Mit einem Wort: zum Unterschied vom Magier (der auch noch im praktischen Arzt steckt) verzichtet der Chirurg im entscheidenden Augenblick darauf, seinem Kranken von Mensch zu Mensch sich gegenüber zu stellen; er dringt vielmehr operativ in ihn ein. – Magier und Chirurg verhalten sich wie Maler und Kameramann. Der Maler beobachtet in seiner Arbeit eine natürliche Distanz zum Gegebenen, der Kameramann dagegen dringt tief ins Gewebe der Gegebenheit ein. Die Bilder, die beide davontragen, sind ungeheuer verschieden. Das des Malers ist ein totales, das des Kameramanns ein vielfältig zerstückeltes, dessen Teile sich nach einem neuen Gesetze zusammen finden. *So ist die filmische Darstellung der Realität für den heutigen Menschen darum die unvergleichlich bedeutungsvollere, weil sie den apparatfreien Aspekt der Wirklichkeit, den er vom Kunstwerk zu fordern berechtigt ist, gerade auf Grund ihrer intensivsten Durchdringung mit der Apparatur gewährt.*

XII

Die technische Reproduzierbarkeit des Kunstwerks verändert das Verhältnis der Masse zur Kunst. Aus dem rückständigsten, z. B. einem Picasso gegenüber, schlägt es in das fortschrittlichste, z. B. angesichts eines Chaplin, um. Dabei ist das fortschrittliche Verhalten dadurch gekennzeichnet, daß die Lust am Schauen und am Erleben in ihm eine unmittelbare und innige Verbindung mit der Haltung des fachmännischen Beurteilers eingeht. Solche Verbindung ist ein wichtiges gesellschaftliches Indizium. Je mehr nämlich die gesellschaftliche Bedeutung einer Kunst sich vermindert, desto mehr fallen – wie das deutlich angesichts der Malerei sich erweist – die kritische und die genießende Haltung im Publikum auseinander. Das Konventionelle wird kritiklos genossen, das wirklich Neue kritisiert man mit Widerwillen. Im Kino fallen kritische und genießende Haltung des Publikums zusammen. Und zwar ist der entscheidende Umstand dabei: nirgends mehr als im Kino erweisen sich die Reaktionen der Einzelnen, deren Summe die massive Reaktion des Publikums ausmacht, von vornherein durch ihre unmittelbar bevorstehende Massierung bedingt. Und indem sie sich kundgeben, kontrollieren sie sich. Auch weiterhin bleibt der Vergleich mit der Malerei dienlich. Das Gemälde hatte stets ausgezeichneten Anspruch auf die Betrachtung durch Einen oder durch Wenige. Die simultane Betrachtung von Gemälden durch ein großes Publikum, wie sie im neunzehnten Jahrhundert aufkommt, ist ein frühes Symptom der Krise der Malerei, die keineswegs durch die Photographie allein, sondern relativ unabhängig von dieser durch den Anspruch des Kunstwerks auf die Masse ausgelöst wurde.

Es liegt eben so, daß die Malerei nicht imstande ist, den Gegenstand einer simultanen Kollektivrezeption darzubieten, wie es von jeher für die Architektur, wie es einst für das Epos zutraf, wie es heute für den Film zutrifft. Und so wenig aus diesem Umstand von Haus aus Schlüsse auf die gesellschaftliche Rolle der Malerei zu ziehen sind, so fällt er doch in dem Augenblick als eine schwere Beeinträchtigung ins Gewicht, wo die Malerei durch besondere Umstände und gewissermaßen wider ihre Natur mit den Massen unmittelbar konfrontiert wird. In den Kirchen und Klöstern des Mittelalters und an den Fürstenhöfen bis gegen Ende des achtzehnten Jahrhunderts fand die Kollektivrezeption von Gemälden nicht simultan, sondern vielfach gestuft und hierarchisch vermittelt statt. Wenn das anders geworden ist, so kommt darin der besondere Konflikt zum Ausdruck, in welchen die Malerei durch die technische Reproduzierbarkeit des Bildes verstrickt worden ist. Aber ob man auch unternahm, sie in Galerien und in Salons vor die Massen zu führen, so gab es doch keinen Weg, auf welchem die Massen in solche Rezeption sich selbst hätten organisieren und kontrollieren können. So muß eben dasselbe Publikum, das vor einem Groteskfilm fortschrittlich reagiert, vor dem Surrealismus zu einem rückständigen werden.

XIII

Seine Charakteristika hat der Film nicht nur in der Art, wie der Mensch sich der Aufnahmeapparatur, sondern wie er mit deren Hilfe die Umwelt sich darstellt. Ein Blick auf die Leistungspsychologie illustriert die Fähigkeit der Apparatur zu testen. Ein Blick auf die Psychoanalyse illustriert sie von anderer Seite. Der Film hat unsere Merkwelt in der Tat mit Methoden bereichert, die an denen der Freudschen Theorie, illustriert werden können. Eine Fehlleistung im Gespräch ging vor fünfzig Jahren mehr oder minder unbemerkt vorüber. Daß sie mit einem Male eine Tiefenperspektive im Gespräch, das vorher vordergründig zu verlaufen schien, eröffnete, dürfte zu den Ausnahmen gezählt haben. Seit der »Psychopathologie des Alltagslebens« hat sich das geändert. Sie hat Dinge isoliert und zugleich analysierbar gemacht, die vordem unbemerkt im breiten Strom des Wahrgenommenen mitschwammen. Der Film hat in der ganzen Breite der optischen Merkwelt, und nun auch der akustischen, eine ähnliche Vertiefung der Apperzeption zur Folge gehabt. Es ist nur die Kehrseite dieses Sachverhalts, daß die Leistungen, die der Film vorführt, viel exakter und unter viel zahlreicheren Gesichtspunkten analysierbar sind, als die Leistungen, die auf dem Gemälde oder auf der Szene sich darstellen. Der Malerei gegenüber ist es die unvergleichlich genauere Angabe der Situation, die die größere Analysierbarkeit der im Film dargestellten Leistung ausmacht. Der Szene gegenüber ist die größere Analysierbarkeit der filmisch dargestellten Leistung durch eine höhere Isolierbarkeit bedingt. Dieser Umstand hat, und das macht seine Hauptbedeutung aus, die Tendenz, die gegenseitige Durchdringung von Kunst und Wissenschaft zu befördern. In der Tat läßt sich von einem innerhalb einer bestimmten Situation sauber – wie ein Muskel an einem Körper – herauspräparierten Verhalten kaum mehr angeben, wodurch es stärker fesselt: durch seinen artistischen Wert oder durch seine wissenschaftliche Verwertbarkeit. *Es wird eine der revolutionären Funktionen des Films sein, die künstlerische und die wissenschaftliche Verwertung der Photographie, die vordem meist auseinander fielen, als identisch erkennbar zu machen.*

Indem der Film durch Großaufnahmen aus ihrem Inventar, durch Betonung versteckter Details an den uns geläufigen Requisiten, durch Erforschung banaler Milieus unter der genialen Führung des Objektivs, auf der einen Seite die Einsicht in die Zwangsläufigkeiten vermehrt, von denen unser Dasein regiert wird, kommt er auf der anderen Seite dazu, eines ungeheuren und ungeahnten Spielraums uns zu versichern! Unsere Kneipen und Großstadtstraßen, unsere Büros und möblierten Zimmer, unsere Bahnhöfe und Fabriken schienen uns hoffnungslos

44

einzuschließen. Da kam der Film und hat diese Kerkerwelt mit dem Dynamit der Zehntelsekunden gesprengt, so daß wir nun zwischen ihren weitverstreuten Trümmern gelassen abenteuerliche Reisen unternehmen. Unter der Großaufnahme dehnt sich der Raum, unter der Zeitlupe die Bewegung. Und so wenig es bei der Vergrößerung sich um eine bloße Verdeutlichung dessen handelt, was man »ohnehin« undeutlich sieht, sondern vielmehr völlig neue Strukturbildungen der Materie zum Vorschein kommen, so wenig bringt die Zeitlupe nur bekannte Bewegungsmotive zum Vorschein, sondern sie entdeckt in diesen bekannten ganz unbekannte, »die gar nicht als Verlangsamungen schneller Bewegungen sondern als eigentümlich gleitende, schwebende, überirdische wirken.« So wird handgreiflich, daß es eine andere Natur ist, die zu der Kamera als die zum Auge spricht. Anders vor allem dadurch, daß an die Stelle eines vom Menschen mit Bewußtsein durchwirkten Raums ein unbewußt durchwirkter tritt. Ist es schon üblich, daß einer vom Gang der Leute, sei es auch nur im Groben, sich Rechenschaft ablegt, so weiß er bestimmt nichts von ihrer Haltung im Sekundenbruchteil des Ausschreitens. Ist uns schon im Groben der Griff geläufig, den wir nach dem Feuerzeug oder dem Löffel tun, so wissen wir doch kaum von dem, was sich zwischen Hand und Metall dabei eigentlich abspielt, geschweige wie das mit den verschiedenen Verfassungen schwankt, in denen wir uns befinden. Hier greift die Kamera mit ihren Hilfsmitteln, ihrem Stürzen und Steigen, ihrem Unterbrechen und Isolieren, ihrem Dehnen und Raffen des Ablaufs, ihrem Vergrößern und ihrem Verkleinern ein. Vom Optisch-Unbewußten erfahren wir erst durch sie, wie von dem Triebhaft-Unbewußten durch die Psychoanalyse.

XIV

Es ist von jeher eine der wichtigsten Aufgaben der Kunst gewesen, eine Nachfrage zu erzeugen, für deren volle Befriedigung die Stunde noch nicht gekommen ist. Die Geschichte jeder Kunstform hat kritische Zeiten, in denen diese Form auf Effekte hindrängt, die sich zwanglos erst bei einem veränderten technischen Standard, d. h. in einer neuen Kunstform ergeben können. Die derart, zumal in den sogenannten Verfallszeiten, sich ergebenden Extravaganzen und Kruditäten der Kunst gehen in Wirklichkeit aus ihrem reichsten historischen Kräftezentrum hervor. Von solchen Barbarismen hat noch zuletzt der Dadaismus gestrotzt. Sein Impuls wird erst jetzt erkennbar: *Der Dadaismus versuchte, die Effekte, die das Publikum heute im Film sucht, mit den Mitteln der Malerei (bzw. der Literatur) zu erzeugen.*

Jede von Grund auf neue, bahnbrechende Erzeugung von Nachfragen wird über ihr Ziel hinausschießen. Der Dadaismus tut das in dem Grade, daß er die Marktwerte, die dem Film in so hohem Maße eignen, zugunsten bedeutsamerer Intentionen – die ihm selbstverständlich in der hier beschriebenen Gestalt nicht bewußt sind – opfert. Auf die merkantile Verwertbarkeit ihrer Kunstwerke legten die Dadaisten viel weniger Gewicht als auf ihre Unverwertbarkeit als Gegenstände kontemplativer Versenkung. Diese Unverwertbarkeit suchten sie nicht zum wenigsten durch eine grundsätzliche Entwürdigung ihres Materials zu erreichen. Ihre Gedichte sind »Wortsalat«, sie enthalten obszöne Wendungen und allen nur vorstellbaren Abfall der Sprache. Nicht anders ihre Gemälde, denen sie Knöpfe oder Fahrscheine aufmontierten. Was sie mit solchen Mitteln erreichen, ist eine rücksichtslose Vernichtung der Aura ihrer Hervorbringung, denen sie mit den Mitteln der Produktion das Brandmal einer Reproduktion aufdrücken. Es ist unmöglich, vor einem Bild von Arp oder einem Gedicht August Stramms sich wie vor einem Bild Derains oder einem Gedicht von Rilke Zeit zur Sammlung und Stellungnahme zu lassen. Der Versenkung, die in der Entartung des Bürgertums eine Schule asozialen Verhaltens wurde, tritt die Ablenkung als eine Spielart sozialen Verhaltens gegenüber. In der Tat gewährleisteten die dadaistischen Kundgebungen eine recht vehemente Ablenkung, indem sie

45

das Kunstwerk zum Mittelpunkt eines Skandals machten. Es hatte vor allem *einer* Forderung Genüge zu leisten: öffentliches Ärgernis zu erregen.

Aus einem lockenden Augenschein oder einem überredenden Klanggebilde wurde das Kunstwerk bei den Dadaisten zu einem Geschoß. Es stieß dem Betrachter zu. Es gewann eine taktile Qualität. Damit hat es die Nachfrage nach dem Film begünstigt, dessen ablenkendes Element ebenfalls in erster Linie ein taktiles ist, nämlich auf dem Wechsel der Schauplätze und Einstellungen beruht, welche stoßweise auf den Beschauer eindringen. Man vergleiche die Leinwand, auf der der Film abrollt, mit der Leinwand, auf der sich das Gemälde befindet. Das letztere lädt den Betrachter zur Kontemplation ein; vor ihm kann er sich seinem Assoziationsablauf überlassen. Vor der Filmaufnahme kann er das nicht. Kaum hat er sie ins Auge gefaßt, so hat sie sich schon verändert. Sie kann nicht fixiert werden. Duhamel, der den Film haßt und von seiner Bedeutung nichts, aber manches von seiner Struktur begriffen hat, verzeichnet diesen Umstand mit der Notiz: »Ich kann schon nicht mehr denken, was ich denken will. Die beweglichen Bilder haben sich an den Platz meiner Gedanken gesetzt.« In der Tat wird der Assoziationsablauf dessen, der diese Bilder betrachtet, sofort durch ihre Veränderung unterbrochen. Darauf beruht die Chockwirkung des Films, die wie jede Chockwirkung durch gesteigerte Geistesgegenwart aufgefangen sein will. *Kraft seiner technischen Struktur hat der Film die physische Chockwirkung, welche der Dadaismus gleichsam in der moralischen noch verpackt hielt, aus dieser Emballage befreit.*

<h3 style="text-align:center">XV</h3>

Die Masse ist eine matrix, aus der gegenwärtig alles gewohnte Verhalten Kunstwerken gegenüber neugeboren hervorgeht. Die Quantität ist in Qualität umgeschlagen: *Die sehr viel größeren Massen der Anteilnehmenden haben eine veränderte Art des Anteils hervorgebracht.* Es darf den Betrachter nicht irre machen, daß dieser Anteil zunächst in verrufener Gestalt in Erscheinung tritt. Doch hat es nicht an solchen gefehlt, die sich mit Leidenschaft gerade an diese oberflächliche Seite der Sache gehalten haben. Unter diesen hat Duhamel sich am radikalsten geäußert. Was er dem Film vor allem verdenkt, ist die Art des Anteils, welchen er bei den Massen erweckt. Er nennt den Film »einen Zeitvertreib für Heloten, eine Zerstreuung für ungebildete, elende, abgearbeitete Kreaturen, die von ihren Sorgen verzehrt werden … ein Schauspiel, das keinerlei Konzentration verlangt, kein Denkvermögen voraussetzt …, kein Licht in den Herzen entzündet und keinerlei andere Hoffnung erweckt als die lächerliche, eines Tages in Los Angeles ›Star‹ zu werden.« Man sieht, es ist im Grunde die alte Klage, daß die Massen Zerstreuung suchen, die Kunst aber vom Betrachter Sammlung verlangt. Das ist ein Gemeinplatz. Bleibt nur die Frage, ob er einen Standort für die Untersuchung des Films abgibt. – Hier heißt es, näher zusehen. Zerstreuung und Sammlung stehen in einem Gegensatz, der folgende Formulierung erlaubt: Der vor dem Kunstwerk sich Sammelnde versenkt sich darein; er geht in dieses Werk ein, wie die Legende es von einem chinesischen Maler beim Anblick seines vollendeten Bildes erzählt. Dagegen versenkt die zerstreute Masse ihrerseits das Kunstwerk in sich. Am sinnfälligsten die Bauten. Die Architektur bot von jeher den Prototyp eines Kunstwerks, dessen Rezeption in der Zerstreuung und durch das Kollektivum erfolgt. Die Gesetze ihrer Rezeption sind die lehrreichsten.

Bauten begleiten die Menschheit seit ihrer Urgeschichte. Viele Kunstformen sind entstanden und sind vergangen. Die Tragödie entsteht mit den Griechen, um mit ihnen zu verlöschen und nach Jahrhunderten nur ihren »Regeln« nach wieder aufzuleben. Das Epos, dessen Ursprung in der Jugend der Völker liegt, erlischt in Europa mit dem Ausgang der Renaissance. Die Tafelmalerei ist eine Schöpfung des Mittelalters, und nichts gewährleistet ihr eine

46

ununterbrochene Dauer. Das Bedürfnis des Menschen nach Unterkunft aber ist beständig. Die Baukunst hat niemals brach gelegen. Ihre Geschichte ist länger als die jeder anderen Kunst und ihre Wirkung sich zu vergegenwärtigen von Bedeutung für jeden Versuch, vom Verhältnis der Massen zum Kunstwerk sich Rechenschaft abzulegen. Bauten werden auf doppelte Art rezipiert: durch Gebrauch und durch Wahrnehmung. Oder besser gesagt: taktil und optisch. Es gibt von solcher Rezeption Rezeption keinen Begriff, wenn man sie sich nach Art der gesammelten vorstellt, wie sie z. B. Reisenden vor berühmten Bauten geläufig ist. Es besteht nämlich auf der taktilen Seite keinerlei Gegenstück zu dem, was auf der optischen die Kontemplation ist. Die taktile Rezeption erfolgt nicht sowohl auf dem Wege der Aufmerksamkeit als auf dem der Gewohnheit. Der Architektur gegenüber bestimmt diese letztere weitgehend sogar die optische Rezeption. Auch sie findet von Hause aus viel weniger in einem gespannten Aufmerken als in einem beiläufigen Bemerken statt. Diese an der Architektur gebildete Rezeption hat aber unter gewissen Umständen kanonischen Wert. Denn: *Die Aufgaben, welche in geschichtlichen Wendezeiten dem menschlichen Wahrnehmungsapparat gestellt werden, sind auf dem Wege der bloßen Optik, also der Kontemplation, gar nicht zu lösen. Sie werden allmählich nach Anleitung der taktilen Rezeption, durch Gewöhnung, bewältigt.*

Gewöhnen kann sich auch der Zerstreute. Mehr: gewisse Aufgaben in der Zerstreuung bewältigen zu können, erweist erst, daß sie zu lösen einem zur Gewohnheit geworden ist. Durch die Zerstreuung, wie die Kunst sie zu bieten hat, wird unter der Hand kontrolliert, wie weit neue Aufgaben der Apperzeption lösbar geworden sind. Da im übrigen für den Einzelnen die Versuchung besteht, sich solchen Aufgaben zu entziehen, so wird die Kunst deren schwerste und wichtigste da angreifen, wo sie Massen mobilisieren kann. Sie tut es gegenwärtig im Film. *Die Rezeption in der Zerstreuung, die sich mit wachsendem Nachdruck auf allen Gebieten der Kunst bemerkbar macht und das Symptom von tiefgreifenden Veränderungen der Apperzeption ist, hat am Film ihr eigentliches Übungsinstrument.* In seiner Chockwirkung kommt der Film dieser Rezeptionsform entgegen. Der Film drängt den Kultwert nicht nur dadurch zurück, daß er das Publikum in eine begutachtende Haltung bringt, sondern auch dadurch, daß die begutachtende Haltung im Kino Aufmerksamkeit nicht einschließt. Das Publikum ist ein Examinator, doch ein zerstreuter.

Nachwort

Die zunehmende Proletarisierung der heutigen Menschen und die zunehmende Formierung von Massen sind zwei Seiten eines und desselben Geschehens. Der Faschismus versucht, die neu entstandenen proletarisierten Massen zu organisieren, ohne die Eigentumsverhältnisse, auf deren Beseitigung sie hindrängen, anzutasten. Er sieht sein Heil darin, die Massen zu ihrem Ausdruck (beileibe nicht zu ihrem Recht) kommen zu lassen. Die Massen haben ein Recht auf Veränderung der Eigentumsverhältnisse; der Faschismus sucht ihnen einen *Ausdruck* in deren Konservierung zu geben. *Der Faschismus läuft folgerecht auf eine Ästhetisierung des politischen Lebens hinaus.* Der Vergewaltigung der Massen, die er im Kult eines Führers zu Boden zwingt, entspricht die Vergewaltigung einer Apparatur, die er der Herstellung von Kultwerten dienstbar macht.

Alle Bemühungen um die Ästhetisierung der Politik gipfeln in einem Punkt. Dieser eine Punkt ist der Krieg. Der Krieg, und nur der Krieg, macht es möglich, Massenbewegungen größten Maßstabs unter Wahrung der überkommenen Eigentumsverhältnisse ein Ziel zu geben. So formuliert sich der Tatbestand von der Politik her. Von der Technik her formuliert er sich folgendermaßen: Nur der Krieg macht es möglich, die sämtlichen technischen Mittel der

Gegenwart unter Wahrung der Eigentumsverhältnisse zu mobilisieren. Es ist selbstverständlich, daß die Apotheose des Krieges durch den Faschismus sich nicht *dieser* Argumente bedient. Trotzdem ist ein Blick auf sie lehrreich. In Marinettis Manifest zum äthiopischen Kolonialkrieg heißt es: »Seit siebenundzwanzig Jahren erheben wir Futuristen uns dagegen, daß der Krieg als antiästhetisch bezeichnet wird … Demgemäß stellen wir fest: … Der Krieg ist schön, weil er dank der Gasmasken, der schreckenerregenden Megaphone, der Flammenwerfer und der kleinen Tanks die Herrschaft des Menschen über die unterjochte Maschine begründet. Der Krieg ist schön, weil er die erträumte Metallisierung des menschlichen Körpers inauguriert. Der Krieg ist schön, weil er eine blühende Wiese um die feurigen Orchideen der Mitrailleusen bereichert. Der Krieg ist schön, weil er das Gewehrfeuer, die Kanonaden, die Feuerpausen, die Parfums und Verwesungsgerüche zu einer Symphonie vereinigt. Der Krieg ist schön, weil er neue Architekturen, wie die der großen Tanks, der geometrischen Fliegergeschwader, der Rauchspiralen aus brennenden Dörfern und vieles andere schafft … Dichter und Künstler des Futurismus erinnert Euch dieser Grundsätze einer Ästhetik des Krieges, damit Euer Ringen um eine neue Poesie und eine neue Plastik … von ihnen erleuchtet werde!«

Dieses Manifest hat den Vorzug der Deutlichkeit. Seine Fragestellung verdient von dem Dialektiker übernommen zu werden. Ihm stellt sich die Ästhetik des heutigen Krieges folgendermaßen dar: wird die natürliche Verwertung der Produktivkräfte durch die Eigentumsordnung hintangehalten, so drängt die Steigerung der technischen Behelfe, der Tempi, der Kraftquellen nach einer unnatürlichen. Sie findet sie im Kriege, der mit seinen Zerstörungen den Beweis dafür antritt, daß die Gesellschaft nicht reif genug war, sich die Technik zu ihrem Organ zu machen, daß die Technik nicht ausgebildet genug war, die gesellschaftlichen Elementarkräfte zu bewältigen. Der imperialistische Krieg ist in seinen grauenhaftesten Zügen bestimmt durch die Diskrepanz zwischen den gewaltigen Produktionsmitteln und ihrer unzulänglichen Verwertung im Produktionsprozeß (mit anderen Worten, durch die Arbeitslosigkeit und den Mangel an Absatzmärkten). *Der imperialistische Krieg ist ein Aufstand der Technik, die am »Menschenmaterial« die Ansprüche eintreibt, denen die Gesellschaft ihr natürliches Material entzogen hat.* Anstatt Flüsse zu kanalisieren, lenkt sie den Menschenstrom in das Bett ihrer Schützengräben, anstatt Saaten aus ihren Aeroplanen zu streuen, streut sie Brandbomben über die Städte hin, und im Gaskrieg hat sie ein Mittel gefunden, die Aura auf neue Art abzuschaffen.

»Fiat ars – pereat mundus« sagt der Faschismus und erwartet die künstlerische Befriedigung der von der Technik veränderten Sinneswahrnehmung, wie Marinetti bekennt, vom Kriege. Das ist offenbar die Vollendung des l'art pour l'art Die Menschheit, die einst bei Homer ein Schauobjekt für die Olympischen Götter war, ist es nun für sich selbst geworden. Ihre Selbstentfremdung hat jenen Grad erreicht, der sie ihre eigene Vernichtung als ästhetischen Genuß ersten Ranges erleben läßt. *So steht es um die Ästhetisierung der Politik, welche der Faschismus betreibt. Der Kommunismus antwortet ihm mit der Politisierung der Kunst.*